随笔集

洄泉记忆

HUIQUANJIYI

郑天敏 著

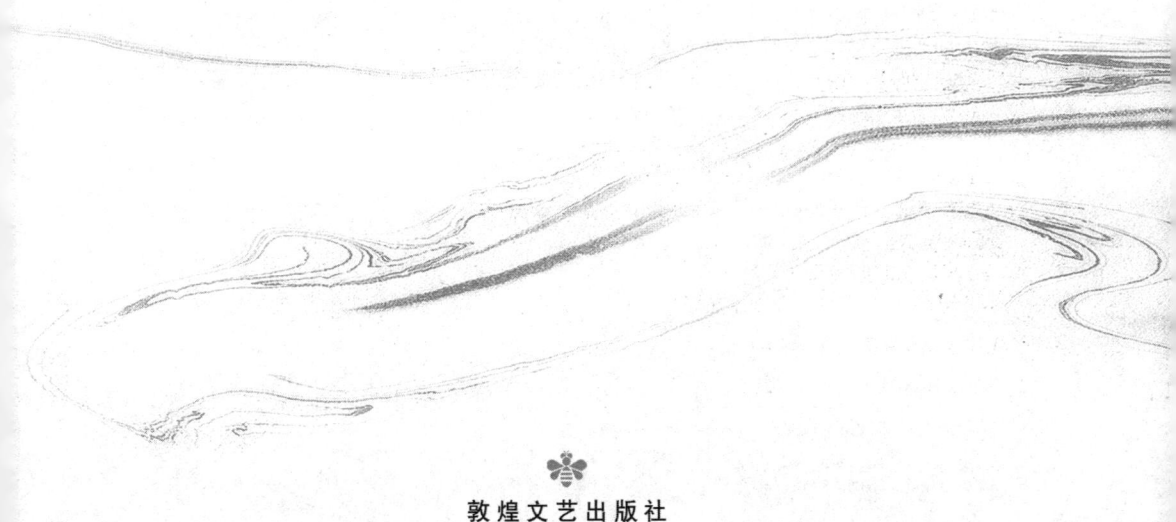

敦煌文艺出版社

图书在版编目（CIP）数据

洄泉记忆 / 郑天敏著. -- 兰州：敦煌文艺出版社，2020.8（2022.1重印）
ISBN 978-7-5468-1955-6

Ⅰ．①洄… Ⅱ．①郑… Ⅲ．①散文集－中国－当代 Ⅳ．① I267

中国版本图书馆CIP数据核字（2020）第166757号

洄泉记忆
郑天敏　著

责任编辑：张明钰
装帧设计：马吉庆
封面题字：师志刚

敦煌文艺出版社出版、发行
本社地址：（730030）兰州市城关区曹家巷1号
本社邮箱：dunhuangwenyi1958@163.com
0931-8152173（编辑部）　　0931-8773112（发行部）

天津海德伟业印务有限公司印刷
开本 710 毫米 ×1000 毫米　1/16　印张 16.75　插页 2　字数 200 千
2021 年 4 月第 1 版　　2022 年 1 月第 2 次印刷
印数：3 001~5 000 册

ISBN 978-7-5468-1955-6
定价：58.00 元

如发现印装质量问题，影响阅读，请与出版社联系调换。

本书所有内容经作者同意授权，并许可使用。
未经同意，不得以任何形式复制转载。

故乡记忆

代序

雁翎

对游子而言，故乡是情感的纽带，是心灵的基石，是精神的河床……

在诗人郑天敏的心中，故乡就是母亲的缩影。那是母亲用生命丈量过的地方，永远散发着母爱的温暖。

泂泉，地处景泰县偏南的一个村庄，离兰州不远，很小，只有百十来户人家，倚靠在东、南、北三面小山围拢的怀抱之中。村子的南头是鹦鹉山，远远望去，犹如展翅欲飞的鹦鹉，山虽不是很高，却独耸而立，且与名有几分神似。

自鹦鹉山开始，这里的山峦向内靠拢收敛，由南到东，再从东到北，腾挪出巨大的半圆。村里的人家便散居在这平坦的半圆之内。村北，山峦起伏不大，名叫鹿沟岘子，岘子靠南处的井拐子，原有一眼泉水，后来在

洄泉记忆

"农业学大寨"时,被挖掘成机井,没了潺潺的声音,也便失去了乡村的那种滋味与景致。

在郑天敏的记忆里,最早的时候,鹦鹉山脚下有水。即使在炎热的夏天,裸露出的岩石上,也能看到晶莹的水滴。泉水在环形的山涧一直流渗,到了地势较低的井拐子,便涌出地面,当地人都觉得这是洄流而至的泉水。在干旱的腾格里沙漠南缘,许多带水的地名都饱含一种期盼和愿景,几乎名不符实。但在这里,清澈的流水养育了一方百姓,滋润了他们的生活,村庄理所当然被喊成了"洄泉"。

洄泉,一个充满了诗意的名字,潮湿而温馨,如同盛着露珠的蓓蕾,也就开成了郑天敏诗篇中永不凋谢的花朵。

每一个村庄都是历史的续写。一个村庄的历史,就是一部厚重的人文史。

清朝咸丰末年,民不聊生。村里一位名叫张凤麟的乡绅,号召村人自救,于咸丰八年三月开始用黄土夯筑城堡,除洄泉村男女老幼外,张凤麟又从皋兰石洞、永登秦川和景泰的宽沟、永泰和芦塘等地雇佣大小工匠七十余人,昼夜不停,轮番上阵,历时一年又八个月后竣工,并于次年冬季,全村人都搬入堡内。

为了不挤占堡内有限的空间,洄泉村的人们平时把草木灰等生活垃圾堆置在村西的沙滩上,时间久了,灰土堆积很高,附近村庄的人们便把洄泉叫成了"灰圈",在后来搬迁到兴泉滩一带的洄泉人的门牌上,仍然使用了这样的醒目标签。

20世纪60年代末,洄泉更名为中心村,至今沿用。从地图上看,洄泉并不位于景泰县或者管辖乡的中心。倒是村里的中心小学给了学子们希望，在这所学校里，大多数的洄泉学子成为令村人骄傲的山外游子。但对这里土生土长的村民来说，洄泉早已根植于心，脑海里根本就没存下"中心村"的概念。

如今，村子里的城堡，早已在时间的风雨中化成了一堆黄土，静静地仰卧在岁月深处，没有片语，只有守候，为这方水土，也为这个名叫洄泉的村庄。

离洄泉村口不远，有一段崩塌的明代长城，它像一道屏障，遮挡腾格里吹来的北风。这是洄泉立体的标识，也是诗人心中最崇高的图腾。

后来，诗人郑天敏随着一部分乡亲搬迁到了兴泉滩一带被称为新洄泉的地方。这里离县城很近，却离老洄泉村很远。

变迁是一个村庄逃不掉的劫。

消失或者衰落，村子跟人的命运一样，也有天数。

心存敬畏，对自然，对生命，哪怕是一株小草，洄泉人都视作是情感的物化，是他们生活的相依。仰首望天，低头耕耘，在这片生生不息的热土上，洄泉人代代传承着父辈们的基因，也续接着平凡而宁静的日子。

领羊是洄泉人的风俗，是神圣的祭祀仪式。领羊也叫领牲，是在宰羊前，将水洒在羊背或羊敏感的部位，遇水一激灵，羊就浑身颤抖，表示神灵或逝者接受了祭者的请求。这样，宰者才能心中无愧，吃者才能心中踏实。

洄泉记忆

庙宇居于村子南缘的最高处，俯瞰和眷顾着村庄，也在呵护和保佑着村庄。年关将至，村庙的供桌上，一簇高过一簇的香火，正悠悠地燃烧着。小庙与庄户挨得很紧，丝毫感觉不到稀薄与疏冷。初一大早，家家户户推门而出，有的从东向西，有的由北到南，不约而同地来到小庙，一拨接着一拨，所有的人都心怀虔诚，率真坦荡。此刻，每个人的心头，都能盘起一朵莲花。

庙的四周，春天正在蔓延。被墒情润泽过的小树开始茁壮成长，虽然尚未扶上云霄，但早已学会了坚韧与宽厚，学会了感恩，学会了在默默中积聚能量，然后用绿色无私点缀着村子的清风和明月。

节气到了清明，天空一下子变得阴郁。零乱的雨滴会打湿游子的衣衫，也让无数思乡的人心底潮湿。在郑天敏的诗笺上，通往父母坟茔的那条蜿蜒小路，是他与母亲永远剪不断的脐带，是他与父亲始终割舍不了的情丝。

走进起伏的群山深处，同一个宗亲的人家会结伴而去，祭祀故去的亲人，时间早已风干了泪水。虽无限怀念，但他们像山雀一样，从来不哭。随着火光，他们的心里一片明亮与开朗。因为，一代代洄泉人明白，长眠地下的祖先正做着带有麦香的梦，哪怕是梦里叫出的孩子的乳名，也绝对会回荡成一节吉祥的山歌，回荡成一段幸福的唱词。

作为故乡，洄泉真的好大，承载着诗人郑天敏的童年往事。在这方砂石遍布的热土上，留下了他的欢笑与梦想。如今，他离开了那么久，心总是没有走出村头，走出那条弯曲的街巷。身在异乡，心恋故土，眺望远方成了他站立的姿态，也成了他生活的另一种方式。他说，这是生命里刻下的印记，终身都难以抹去。

对一个游子而言，故乡虽是生活的断章，但始终是心头最美的插图。

2015 年 5 月于兰州耕读居

注：该文是 2015 年 7 月由甘肃电视台经济频道播出的电视纪录片《故乡记忆系列之景泰洄泉村》解说词，基本涵盖了郑天敏《洄泉记忆》写作的内容与主题，故代为序。

雁翎：本名逯向军，作家、文艺评论家。著有长篇小说《护垫》《浮云苍狗》，纪实文学《陇海之路》《疾风劲草》《邓宝珊》等。现居兰州。

目录
Contents

第一辑　学校纪事
004　问候
008　养猪
012　私塾
016　村学
020　生活
024　传道
028　师生
033　授业
038　宿命
043　解惑

第二辑　我家邻居
050　奶奶

054　唉个子
059　张延满
063　余家奶奶
067　陈家
071　鲁占先
075　刘克敏
079　韩家

第三辑　洄泉名人
086　车家奶奶
090　李红旗
093　陈增俊
097　李福
100　王崇山

103　张相孔
106　邢家老汉
111　尕奶奶
116　张绍武
120　师耀贤

第四辑　洄泉记忆
128　耍社火
132　唱秦腔
135　留声机
139　种鸦片
143　打篮球
147　做板胡
150　修水地
154　扫盲
157　打平伙

第五辑　想念洄泉
162　土地
167　植物
171　庄稼
175　饮水
179　瓜果菜

183　气候
186　房屋
190　石膏
194　小吃
199　器具

第六辑　孩提时代
206　榆钱饭
210　磨麦棱
214　打铁花
219　点马灯
223　走窝窝
227　滚铁环
231　做弹弓
235　戴花绳
240　打水漂
244　改绳绳

后记
249　洄泉的乡愁与来世
254　梦回故乡
256　参考文献

在洄泉，
每个生活在这片土地上的孩子，
就是一株禾苗。

第一辑 学校纪事

故乡是每个人的根，记录成长，而学校承载着人记忆里最生动的篇章。

对一个小村庄来说，学校就是一座精神圣殿，并不神秘，但绝对神圣。有学校在，村庄就有活力，就有希望。学校是孩子们释放快乐的大本营。

虽然，乡村学校条件艰苦，设施简陋，没有塑胶跑道，没有投影屏幕，没有学习机，也没有豪华教学楼，有的只是黄土操场，只是水泥黑板，只是寒窗土围墙，但每个人一生中最美好的时光、最美好的记忆都会定格在家乡的学校里。

是的，村庄里的小学是一个时代的缩影。作为农民的儿子，永远忘不了那些民办老师，那些淳朴的同学，还有那些鸡毛蒜皮里的幸福。因为，乡村学校虽不气派，但却培养和锻造了一个孩子最初的"三观"。

在郑天敏的笔下，学校纪事，每个文字后面都藏着熟悉的身影，这是一代同龄人集体的记忆。

问候

2019年2月25日，星期一。

周一上班开例会，雷打不动。我走出会议室的时候，差不多快十二点了。

手机在办公室，铃声悦耳，清脆的音乐回荡在走廊里，是费翔唱的《故乡的云》。费翔的声音很有穿透力，一点点能把人逼到炊烟缭绕的故乡。

拿起手机，陌生来电显示归属地是白银。

我的老家在白银，加上自己曾在白银工作过几年，也许是换了号码的熟人打过来的，所以，就接了。

电话里传来的口音是景泰的，很像老家洄泉一带的。

对方让我猜猜他是谁。仅凭这问话，我知道是熟人。但一时想不起来。

"我是张林杰！"对方有点遗憾地说。

我急忙说："你是景泰洄泉村的张林杰，也就是后来从洄泉村搬迁到景电二期的张林杰？"

对方开始哈哈大笑："就是的，就是的，就是洄泉的张林杰。"

接到这个电话，我心里很是激动。出门在外工作好多年了，也接到过村里的老同学们的许多电话，有些是随便聊聊天，问候一会儿，开上几句玩笑。也有的挺让人为难的，同学们岁数大小都差不多，都面临孩子的工作安置问题。所以，有时接到这样的电话，情绪几天调整不过来，内心里能憋屈好些日子。

我跟张林杰已经有二十多年没有见面了。大约是在1996年的冬季见过，当时还有几个同学。那时候，天气很冷。我的一位亲戚去世了，家就在景电二期的一个村子里。

从白银出发，走了快四个小时才赶到那里。这个村子，容纳了从原来洄泉村搬迁过来的住户。

就在丧事上，我碰见了几个老洄泉村的人，也碰见了一些不常联系的同学。

说实话，从外出上学到工作，时间都紧张，一直很忙。每年春节，我去兴泉滩过年，也很少与同学们见面。

这次奔丧，让我与同学们之间有了一次较长时间的聚会。

多年来，算是极为难得的一次，也是仅有的一次。那几天里，我们很开心，都集中在韩家补娃家凑热闹。因为，补娃家开着小卖部，非常欢迎消费者。我们一伙人围坐在热炕上，中间放着炕桌子，一会儿喝酒，一会儿打牌。我和"老绷"邢得才两人是一组，前面喝酒时，他帮我；到后面打牌了，我帮"老绷"。

细想，邢得才总是双眼鼓圆。以前给邢得才起"老绷"这个绰号的人，概括极为准确，该是多么的有才啊。可惜，佩服之余，我竟然想不起这幽默形象的"大号"始于何时，出自何人之口了。

洄泉记忆

张林杰言语较少，但说起话来丁是丁，卯是卯。在洄泉上学时，张林杰就像个大人，张口逻辑分明，极有条理。有时想想，就凭这一点，张林杰是个当领导的料。

姚杏林说起话来，总是跟人抬杠似的，往往前声低后音高，让人感觉到很吵闹。喝起酒来酒风太差，只要有酒，姚杏林总是把自己喝醉，醉了还乱骂人……那次见面的还有几个，他们虽不是同学，但小时候也经常在一起玩耍，像鲁中先、韩家补娃……

张林杰的儿子在新疆一家电厂上班，他的老伴去帮助照顾小孩。随后，他们全家都到了新疆生活。景电二期的地和房子都租给别人种了。

后来，听邢得才说，张林杰让他帮忙把地和房子卖了，准备不再回来了。邢得才说，张林杰一直找人打听，在寻找我的电话，但一直问不上。

电话里，张林杰说了很多。天各一方，很想见我。

张林杰说："你的电话真难找。不过，我理解，大家怕我求你办事，沾你的光，都保密。其实，我只想和你聊聊，就想听听你的声音，问候下你。"

张林杰的话触动了我。说实话，自己工作十几年后，我给老家的哥哥和妹妹们交代过，不要把电话轻易告诉别人。这是因为，工作在外，工作单位离老家又不是很远，不是太亲的亲戚，总是一遍又一遍地找我，要给小孩安排工作。其实，国家在解决就业上政策很明确，就是要通过公开考试选拔公务员和事业干部。可是，这些远一点的亲戚，由于小孩考试过不了关，就不停地跑，不停地求，一心为孩子的事求情下话。

这些年，我得罪了不少人，实在是没有办法帮忙。现在，随着年纪大了，我也在反思。可能年轻气盛，同样一句话，没有想过别人能不能接受，也就随口而出。

今天，接到了张林杰的电话，心里很高兴。有时候，我们就是需要跟别人沟通，亲戚也好，同学也罢，或者朋友，都需要用心经营与维护。

四十年前的同学，现在已经人到老年。生活的风吹雨打，早已错过了原来的坐标。但初心未变，情谊尚在。往事把我们早已紧紧地绑在了情感的石柱上了，这是海可枯石却不烂的交往。每个人，就活在这份质朴的营养里，特别是人渐渐老去的时候。

我的电话是"老绷"邢得才告诉张林杰的。

这是久违的问候。

在电话里，我对张林杰说："老同学，我俩之间，就隔着一趟火车。其实，我俩很近，心就没有疏远过。"

张林杰说："那好，那好。20年多年没联系了，我们都老了。"

老了。是的，岁月催人老，时间无情。

老同学，时光能见证我们彼此的惦记与深深的思念。

其实，人生就需要这样的一段时光，一段可以把一杯茶从暖喝到凉，从浓品到淡的时光。

张林杰久违的问候，就是我追忆往昔的索引。

养猪

在洄泉学校里,除了上课学习外,还有好多"不务正业"的事儿,如挖柴拾粪,用尿和泥烧麻雀蛋等。

从四年级开始,班里还养猪。我们班只养了两头,一头是老母猪,另一头是半大猪仔。之所以让高一些的年级养猪,可能是因为学生大点了,懂得照顾操心。另外,还要拉着猪去外村配种,小娃娃们肯定不行。除了我们班,五年级也养了两头猪,初中就多一些,有三头的,也有四头的。

大家都喜欢养猪。一是因为养猪需要拔猪草,像苦子蔓、大灰条等,每天都能在校园外拔到,除了玩耍,还比较自由;二是手里拿着鞭子,指挥着猪向东或者向西行走,很有一种权势感,这应该是正常青春期的萌动;三是猪的饲料里,有一种红薯片子,不是很多,但每天都有一点,我们会偷偷地吃上一些。正是因为这三方面的原因,不论是男生还是女生,轮到喂猪的时候,都兴高采烈,张罗去给猪拌食。有时,上课也不安心,总想着喂猪。下课了,特别是到给猪喂食的时间,同学们总是一个比一个跑得快,都抢着去。

教室的北面,是一片比较大的空地。好长时间,这里都没有用起来。原来泂泉学校准备筹办高中时，选的地方就在这里。最后，不知是因为学生较少，还是别的原因，反正一直闲置着。我们班的猪圈在北面的最东头，比较空旷，猪舍都是用土块砌起来的。

那时候我就想，这些猪其实挺自在的，跟我们家里养的猪相比，没有什么压力，每顿都能吃饱，不用干活，也不用学习，更不需要背诵课文。猪圈离教室还有一段距离，用不着像在教室里一样，说话声音不能太大，还要遵守各种纪律。走在这里，同学们大声地说着话，常常一个话题要扯得好远好远，有时还要争论半天。特别在夏天和秋天的时候，我们就坐在猪圈的矮墙上，好像也不觉得猪圈里的味道难闻，听着猪哼哼叫着，在荫凉下面跑来跑去，那种神情很是悠然自得。

猪一般要喂三顿。早上在9点左右，粉碎的干草要用热开水和上麸子，就是麦皮，反复不停地搅拌。然后，两个人抬着皮桶，猪食就倒在圈里的石槽里。猪很机灵，听见我们的声音，它们就一直叫唤着，扑在门边上，脚都伸到了门框之外。看着猪狼吞虎咽的样子，我们觉得自己挺厉害的，能保证它们吃饱喝足，也是件开心的事。中午和晚上，大致在人们吃饭的时候，就开始喂猪了。夏天，基本上不再给母猪加料，就是多给些切碎的青草，让猪早早贴些膘，以保证它们生育小猪的需要。到了冬天，每天都要给母猪加上红薯、玉米等，这样有利于母猪增强体质。只要把食物倒在槽里，猪就安心地去吃了，只能听见吃食的声音，再也听不见叫唤了。

到了夏天，按照班主任的安排，我们都会拉着架子车，用绳子把母猪的腿绑住，拉到12公里之外的福禄水村，给母猪去配种。

洄泉记忆

福禄水村，在洄泉村的西边。当时，我们两个村子的小孩经常打架骂仗，我们骂福禄水的娃娃是"黑脚巴"。因为他们村有小煤窑，意思他们是背煤的。福禄水村骂洄泉村的娃娃是"灰老鼠"，他们平常把洄泉念成"灰圈"。福禄水村是洄泉的邻村，村子大小和人口跟我们洄泉村差不多。当时，福禄水村上办了一个猪场，比较大，养了70多头猪。猪场要比我们的猪圈整齐得多，猪舍是用砖砌起来的，比我们的猪圈更加气派，一排一排，大大小小。以往，我都觉得洄泉学校的猪圈非常干净。后来，去了一趟福禄水村，才觉得猪场跟猪圈就是不一样，还是有差距的。正是因为这里有猪场，附近好几个村的村民们，凡是养母猪的，都会拉到福禄水村进行配种。

到了福禄水村，我们就把母猪从车子上放下来，赶进专门配种的猪圈。有时候，比较顺利，只去一次就成功了。有的时候，很麻烦，母猪拉到福禄水村配完种，再拉回洄泉学校，过个一二十天，老师就能知道结果。如果配种没有成功，就要再一次把猪拉到福禄水村。

在洄泉学校，为了给一个母猪配种，跑三四次路是常有的事儿，但我们很乐意。因为老师已经骑着自行车回家了，没人能管得了我们。走到半路上，我们会把架子车放下。到路边上，蹲下来抓"大头浪子"，也就是壁虎。有时候，一次能抓好多只，我们集中起来，用石头将它们的尾巴割了，割下来的尾巴能跳动，在地上一跃一跳，同学们就露出了高兴的神色。

母猪什么时候要拉到福禄水村，是老师安排的。当学生们拉着母猪，穿过砂河，就到了上坡地段。一直到福禄水村，基本上都是上坡，拉车还是比较费力的。每次出动，不要女生，三四个男生就可以了。

当我们拉着架子车行进在路上，老师可能已经骑着自行车到了那里的猪场。有时候，遇到心情好了，我们就边走边在路旁的地上拔草，把那些饱满的青饲料放在车上，母猪在我们的欢声笑语中，贪婪地吃着。到了生产队的瓜菜地，有一个娃娃拉着架子车就行了，慢慢朝前走，其他几个人都会跑去偷西瓜和西红柿。偷上瓜以后，放在拉猪的车子上，猪瓜混装。我们吃了西瓜，会把脆脆的西瓜皮喂了母猪，还有吃不完的西红柿也赏给了它。

大伙儿认为，拉猪出去配种是一件快活的事情，我们呼吸了新鲜空气，自由自在，猪可以吃上西瓜皮和青草饮料，一举两得，彼此受益。

洄泉记忆

私塾

洄泉村重视教育，哪怕在最为艰苦的年代里，都有人在这方净土认真地读书，踏实地学习。也许，在将来的某一天，这些喜欢读书的人们，会运用自己学来的知识，做着心仪的工作或事业。

只要踏实学习了，就算没有通过高考离开洄泉，改变人生命运，但对于乡里娃，这已经不是最重要的了。因为，上学最终是一个过程，而学校，已经改变了一个人的灵魂和思维。

后来，在省城兰州，我跟张杰武一起吃饭，他回忆起洄泉学校，感念最深的是那良好的学风。他认为，洄泉学校的学生们很珍惜学习机会，比较踏实刻苦，基础打得扎实牢固。尤其是学风方面，大家都爱学习，用不着老师特别操心，稍微大些的孩子，有较强的自律性，可以管住自己。

村子上最早的学校，是从外边请的老师。

在清代，洄泉村子上已经有了私塾。

但由于家境不同，能上起私塾的娃娃不是太多。据鲁杰先回忆，他的爷爷，就在村子上念过私塾。后来，可能是家境败落了，鲁杰先的爷爷没能继续念下去，一直在洄泉村里劳作。

再到后来，就是张延州的父亲张绍武了。这个老先生是洄泉村子里比较有文化的人。每年过年前，张绍武会给自己家里写春联。但张绍武不会给别人家写，别人家也请不动，仅仅是给自己家写。据师志刚说，他那时每年都要去张绍武家，看看他家写的什么对联，能用上什么典故，确实比较有内涵，上档次。

再往后，就是洄泉堡子里靠近东北墙角的那三间土房，这里就是洄泉的私塾。也许，在颜老师来洄泉教书之前，这里已经有了私塾，正如鲁杰先回忆的一样，但因年代久远，那时的人们已经作古，没办法去考证了。

颜老师是景泰县正路公社石井村人氏，离洄泉大约70公里路。老师清瘦、高大。他上课或者在村子里闲转的样子看起来特别的威武。教完课程，颜老师在堡子里闲转，有时，他会去大洄泉沟口的金银陡屲，登上小山远眺，看看山野，瞅瞅村庄，还可瞭望正路方向的老家。洄泉堡子里东边的水井旁，总是有人来来往往，穿梭不断，颜老师在那儿逗留时间最久。他跟每个人都很熟悉，问问张家的庄稼长势，说说鲁家的皮货生意。有时，还会说上几句笑话，与教授私塾时的那种严肃劲儿相比，完全是两回事儿。

颜家在景泰属于大户人家，名气比较大。在正路公社石井村老家，颜家家家都有读书人，有考中进士的，大多属于破落秀才。颜家人崇尚读书，只要找到一本好书，即使不吃饭，也要想办法把那本书看完。

颜老师走路很稳重，两手背在身后，走起路来只盯着前方，目不斜视。最让人称绝的是一双眼睛，真的富有灵气，无论远瞧，还是近观，都显现出炯炯有神的样子。当时，颜老师在私塾里只带着三个学生，但遇到授课时，门口就站着好多上不起学的孩子，颜老师说话声音很大，特别洪亮。

2008年的夏天，我在白银市国税局工作。有一天，回到了洄泉村里，跟王崇山老汉聊天。老人讲，小时候，他在洄泉堡子里，也听过颜老师讲课，有些话还能记起来，可能属于《三字经》或《弟子规》上的，但就是没有学过写字，写不出来。

洄泉村里，自古就有尊师重教的传统，对老师村民们非常看重。他们认为，私塾是洄泉村里的一方净土，只要私塾兴旺并发展了，娃娃们能够看书写字，那么，洄泉的明天就会有希望，就会更美好。

遇到私塾开课了，在颜老师的领读下，稚嫩的童声像汇成的小溪，清澈透亮。有时是一个字，有时是一句话，学生们融会贯通，聚精会神。

洄泉堡子西南方向的外面就是庙儿湾。到了雨水好的时候，那些山地上会生长出马莲，宽宽的绿叶子衬托着蓝色的花儿，在风里摇摇曳曳。有时，私塾老师会领着娃娃们去庙儿湾玩，采摘了大把大把的马莲，在绿草地上铺出各种形状来。

私塾开课大都在早上。好多人还在熟睡之际，洄泉堡子里的北墙角，那三间土屋会亮起煤油灯。昏暗的油灯，像是在引领与召唤一样，渐渐地，私塾里就变得明亮起来，无论从哪个角度看，洄泉村里的这个弹丸之地都给人以希望。

私塾老师是有学问的人，装束也与村民不大一样。从春夏到秋冬，凡是来洄泉的私塾老师，都是长袍马褂在身，走起路来慢慢悠悠。这就是所谓的斯文，首先在精神上，显得很富有。

洄泉村子里的私塾，上课都要集中在校舍里。先温故，每天早上，颜老师会检查前一天布置的作业，背诵《百家姓》《千家诗》和《三字经》……有时，还要求学生们将那些比较难懂的词句，用自己的语言表述出来。新课大都由老师领读几遍，再摇头晃脑，之乎者也一番。

讲到动情处，颜老师会紧紧地结合洄泉村的山形与地理，从野狼沟到大洄泉沟，再从左岔到右岔，哪怕是离堡子不远的楚家沟，老师会展开讲上好长一段时间。这时，私塾的学生们反而更爱听讲，他们觉得，老师讲授的点滴与洄泉村子的实际离得很近，让大家能够回味、发挥与联想。这样，学生们才能记得牢，学得深，用得好。

洄泉村的南面，也就是堡子出去不远，有一座高高的山峦，当地人称为金银陡山，像一道照壁，立在村子南边，保佑和庇护着洄泉村以及村子里的人们。在金银陡山的南面偏左侧的地方，全部都是石头山峦，有一个天然形成的洞穴，洄泉人叫"秀才洞"。

秀才洞，其实是个能容十来人的山窝。因为秀才洞地处阳面，洞内还是比较暖和的，遇到夏天或秋天，老师也会在洞里给娃娃上课，一起放声高吟。因为山洞聚声，读书的声音能传至好远，余音袅袅。

我们晚上放学时，路过秀才洞，都要去里面放声歌唱或大声喊叫，回声特别洪亮。

村学

上学时，我都写"洄泉学校"，既没说是小学，也没特指初中。

洄泉学校有小学生，也有初中生。后来，我上到五年级的时候，学校准备要办高中了，甚至把高中老师都安排好了。最终，大约是因为学生太少，便再没有开设高中班级。当时，洄泉学校里除了民办老师师志刚外，再也没有能够胜任高中课程的老师，教学质量肯定会受影响。

到了四年级第二学期，我才开始了较为完整的学习，不再请假外出乞讨了。那个时候，我的座位离代元信不远，加上我每天上学和放学，都要先路过他家，所以，两人关系很好。代元信性格温和，能关心和帮助同学。那个年代，能真正相处得好的同学还是不多的。因为，绝大多数娃娃，还是在为每天的生计发愁。我与代元信属相好像一样，爱好和兴趣相投，校内校外，几乎形影不离。现在细想，当年，代元信还是个"干部子弟"，能跟我这个贫下中农的穷娃娃打成一片，实属难得。

代元信的父亲叫代绍山，是四川达县人。很小的时候，他参加了红军，可能是高台战役之后，被马步芳的队伍打散，到处流落乞讨，并且还要躲避敌人的追杀。最后，代绍山流落到了洄泉，在一鲁姓人家入赘，当了上门女婿。

离开四川达县时，代绍山只有十来岁，还没有过多地尝到生活的艰辛与不易。他一路跟着红军，风里雨里，虽然辛苦艰难，但还是有组织的人，不用自己操心。

代绍山一口四川腔，性格直率，脾气急躁，当过洄泉村生产队的副队长。老代疾恶如仇，对看不惯的人或事，他会毫不留情地当面说出来，不会拐弯抹角，也不会阿谀奉承。

后来，代绍山在生产队里负责拿印版子。每天的粮食打碾完以后，代绍山都要拿着印版子，在小麦、麻子、糜子和葵花籽堆的上面横盖或竖盖，保证生产队的粮食安全。

我记得，到了1973年左右，印版子基本上由代元信掌握了，这也算子承父业。那时候，粮食打碾得很迟，好像进入冬季以后，生产队的马或驴拉着石磙，才慢慢悠悠地开始打碾。

不知从什么时候起，洄泉学校晚上要上自习。吃过晚饭以后，学生们要来教室，点着煤油灯学习两个小时。冬天的傍晚，天气很冷，风刮得脸和耳朵都疼。吃过晚饭，我就跟着夹印版子的代元信，来到生产队的场上。别看是小孩，看场的大人们也不敢得罪我们，其实是不敢得罪代元信，我属于狐假虎威了。最喜欢的就是给麻子和葵花籽的粮食堆盖印版子。盖印之前，我们会大大方方地往身上的各个口袋里不停地装着麻子或葵花籽，看场的人也不敢吭声。现在细想起来，印版子就是权力的象征。

我俩回到教室里，无比自豪，心情特别愉悦。借着煤油灯看书，从口袋里抓上一把麻子，喂进嘴里咀嚼。那种滋味，美极了，像悬在高空的希望，让人不停地留恋向往。

好像是1974年，也是跟着代元信去盖印版子。从打碾场上往学校走的路上，我俩很兴奋，一路上跳着、笑着和闹着，那种满足让人瞬间忘了所有的烦恼，认为我俩就是世界上最幸福的人了。这次盖印的是麻子，是我们最喜欢的食物，也是在那个年代洄泉村最可口的吃食。麻子本身就是榨油的，嚼起来，口中已经油汪汪的，这正是缺少油水的我们天天所思所想所盼的口福。我们一前一后，上到了洄泉堡子里东北角上的城墩子，看着夕阳，吃着麻子，竟然感觉不到丝毫的天寒地冻。

也是一个冬天，我和代元信盖完印版子后，口袋里装满麻子，来到学校上自习。就在我俩低头边看书边吃麻子的时候，阎老师不知何时来到了教室，站在我们身旁。阎老师是数学老师，现在也想不起来他为什么晚上要来教室，是学校安排值班？是想指导他教授的数学？就在我刚刚将一把麻子放进嘴里，两边的腮帮子鼓得正圆时，一个洪亮的声音打破了冬夜的宁静。

"站起来，嘴里在吃什么？"阎穆信老师很严肃地站在我和代元信的旁边，我俩吓得连忙低下了头。班上的同学们看着阎老师把我俩抓住了，都在偷偷发笑。虽然，阎老师让我们站起来了，但心里还不是特别害怕。因为我们知道，老师性格比较好，不会打骂学生。

阎老师就在炉子边上，他一把接着一把从我们口袋里掏，一边掏一边往火炉子里扔。火炉里的煤块基本上都烧尽了，"噼啪——噼啪"响声不断，烧爆的声音很脆很响也很大。大家的眼睛齐刷刷地盯着我俩，一脸的愉悦。可能是自习快结束了，我和代元信也没了刚开始时的紧张与不安。这时候，阎穆信老师的脸也舒展了，与大家一起笑了，仿佛已经忘记了他在惩罚我们。

听李作品同学说，阎穆信老师后来有病了。他在中医院见过阎老师，不久之后，这个可爱的老师就永远离开了我们。

洄泉学校还立在岁月里。只是，当年的老师，有的已经不在人世。

2018年，我只身来到了洄泉。伫立在校门口，冬天的风依旧寒冷。想起阎老师烧麻子的情景，我突然眼睛潮润。

是啊，成长是一种烦恼。过往之事，很温暖，总是带着情感，像种子一样，一直深埋在心里，不曾发芽，却时时在扎根……

生活

洄泉学校是1956年才开始筹办的。

那时,村子里学龄儿童不多,但每个年龄段里都有几个。有的一个班里,个头高高低低,年龄也大小不一,都集中在一起。

村子里的人们,大多没有文化,基本上不识字。好多人目不识丁,很是羡慕在村学里进进出出的娃娃。这些老师和学生,每天都高声朗诵着。尽管这些内容村民们不懂,但是,只要看着娃娃们很幸福、很投入的表情和样子,村民们都感觉到了满足。

我在洄泉学校上学应该是1970年。村子上干旱少雨,庄稼几乎连年绝收,人们非常困难,生活极其不易。早上起来,妈妈做熟饭菜,喊我们起床吃饭。因为爸爸和妈妈吃过饭,他们要去生产队里出工。一般情况下,早饭很重要,是一天最主要的一餐,基本上以糁饭为主。

景泰的糁饭,非常有特色,与附近的古浪、皋兰和靖远糁饭的做法大不一样。黄米在锅里一直煮,快要烂而尚未完全烂之时,用大一些的铁勺撇出汤汁,撒上一把盐,将面粉平铺在黄米上面,再盖上锅盖,焖蒸大约十分钟左右后用木板开始搅拌翻滚。景泰糁饭黏性很大,比较扎实,早上吃了以后,一天也感觉不到饥渴。

从小时候开始，我就习惯吃这种较为硬气的糁饭，肠胃早已记住了它。现在，在兰州的家里，每周都要做几次糁饭。一回到景泰，我必须要吃景泰糁饭的，这是不变的习性。早上吃过糁饭之后，中午饭就简单多了，按照妈妈给我们兄妹分配的数量，炒个"麻麦"，再喝口凉水就可以了。

学校一般上午是两节大课，一节语文课，另一节就是算术课了。下午大多是一节大课，还有就是副课了，像美术、体育或劳动课……

那个时候，主课就是语文和算术，没有家庭作业，负担不是很重。下午临近放学时，我们都已经商量好了要去挖柴或者拾粪。多数情况下，我都会和代元信、邢得才一路，到了他们家，等背好背笼扛起镢头，再顺路到我家。有时，我也跟张延满一起去山里帮家里干活。

那时候，洄泉学校特别洁净。教室的前面是操场，方方正正比较大。我们每天早上，都在这里出操，每个班排好队形，由班主任带队进行操练。我们会学着解放军的样子，等待老师"向右看齐"的那一声口令，然后，高昂起头，开始喊出一、二、三……一声比一声底气足。

我当年学习不是很好。最主要的原因，就是没有把心思用上。每天只是想着玩耍，上课也不认真听讲，更谈不上精益求精地学习各种知识了。由于家庭生活困难，一年级上了一个月后我就跟着妈妈去了宁夏的中卫、内蒙古的临河和甘肃的武威、永昌等地，手里提着面袋子乞讨。晚上，住在当地看农作物的简易土房或废弃的砖厂里，挨饿受冻，与妈妈相依为命。

洄泉记忆

当时，在内蒙古临河，也是个深秋。白天，要了些苞谷面、黑面和杂面，晚上我跟妈妈在一个水泥涵洞里趴着，半夜里把我冻醒了。自己当时就想，以后一定要对妈妈好，要好好爱她，便再一次搂着妈妈，睡一会儿醒一会儿，好不容易才熬到了天亮。这种生活，一直持续到1974年。那年的10月份，我跟着妈妈从内蒙古临河回到了景泰，背着满满的两袋子面粉，非常富有地走回洄泉村。第二天，我就直接到了四年级班上，和那些我原来的同学——邢得才、代元信、李作品和张林杰等重新团聚在了一起，又开始了学业。

后来，我也曾反思，为什么上学的时候没有学好数学呢？原因是基础薄弱，没有读一到三年级的课程。到后来直接上了四年级的第二学期，系统链早已断裂。但自己没有意识到，也不知道如何才能抓起来！

我很小的时候，自己就看过好多书，特别是在我师志刚哥哥家看了一些名著。所以，语文学习我没有掉队。每每看完一篇文章，能知道其中的谋篇布局。在上学期间，我的语文成绩一直很好，无论是上小学初中，还是高中及后来的大学，作文这项功课，自己能够得心应手，也深受老师和同学们的称赞。像我的语文功课，当年高考时，总分是120分，我就得了107分，在那个年代，成绩确实是比较高的。在当年西北师范大学历史系，语文高考成绩也是班上第一名。并且，由于语文功底好，对英语的阅读与语法学习帮助也很大，上大学那年以自学为主的英语课，总分100分，我考了83分，也是西北师大历史系的第一名。

教育是一种唤醒。我觉得，在长期的读书生涯中，艰苦的生活让我过早明白了一些事理。自觉的力量包括自律的精神帮助我完成了学业，走上了成才之路。

洄泉记忆

传道

洄泉是一个比较温婉的地方。

冲积而来的土地，有一种敦厚和纯朴。这片土地上，庄稼生生不息，小麦、麻子、大豆和糜子会在季节的变换中拔节与灌浆，滋润着洄泉的人们。同样，因为洄泉是重教崇学的地方，这里来过很多的老师，他们把心血与汗水奉献给了洄泉。

也许，正是他们，让洄泉一直在向前走，并且走得更遥远更宽阔。凡是出生在洄泉，后来走出洄泉的人们，都是曾在洄泉学校上过学、读过书的，他们的成长基础，就是老师的传道，就是洄泉学校给予的点点滴滴。

前面曾提到的景泰县正路公社石井村的颜老师，是目前我知道的洄泉村的最早的一位老师。

景泰有名的诗人颜小鲁，在全省和全国诗坛名气比较大，写了许许多多的诗歌，是颜老师的后人。我在平凉市国税局工作时，颜小鲁曾带着他的姑娘到过平凉，我专门接待了他们。颜小鲁比我要小一些，应该是70年代人，性格温和，为人低调。我曾打电话问过他颜老师和他的关系。颜小鲁觉得要么是他太爷颜永康，要么是他爷爷颜宗元。现在，这两位老者都已去世。无论是谁，我认为洞泉的人们应该记住他，他用丰富的知识，启迪了一个个山村的孩童。在风和日丽的时候，率领洞泉村的孩子们，去描述与亲近自然，让童心中装满阳光。同时，颜老师把学生们最需要的东西，传授给了洞泉的娃娃，让他们一代接着一代受益。

颜老师应该是20世纪二三十年代来洞泉开办私塾的。洞泉村里的张姓人家比较多，这个家族经济基础要好一些，只有他们才有钱请来私塾先生。在那个年代，生活还不是很富裕，对于平民百姓来说，读书只是奢望。

洞泉村民风淳朴，人心向善。只要私塾开了课，老师教授的内容，除了私塾里的小孩子外，有些也传授给了并不是私塾学生的洞泉娃娃。所以，尽管洞泉村能上得起私塾的人不多，但是，古文也好，识字也罢，有不少从未上过私塾的娃娃们也会认能讲。

在洞泉村里，老人们曾讲过，王崇山那一群娃娃，有时会聚在金银陡山，在秀才洞里，他们也学着私塾老师的口气，之一会儿，再乎一阵子，有模有样。到了王崇山这一代人，生活改善了，才下决心把儿女送去上学，希望知识改变命运。他的大儿子王登位在福禄水学校上过完小，姑娘王秀兰好像考上过什么学，现在张掖市工作。

洞泉村的西面，走过长长的砂河地带，就是邻村大拉牌村。与洞泉村相比，这个村子更大一些，居住的人口也多。大拉牌村有个叫王应位的，从小得了小儿麻痹症，走路不太方便，但他自强自立，乐于好学。在洞泉学校里，王应位是唯一的老师。全校总共二十多个小孩子，要分为四个年级，王应位老师每天都认真地教学与讲授。

洄泉记忆

特别是唱歌，洄泉村子里老一些的人都还记得，王应位老师用手打拍子，很有激情，也很投入。只要在洄泉，王应位老师都用一种宁静的心情，积极的态度对待他的工作，对待洄泉村的小学生们。

王应位先生在洄泉村里有很高的威望。别看他行走不太方便，但热心肠，经常家访。哪个娃娃住在什么地方，家里总共有几口人，掌事的是谁，哪门功课学的好一些，王应位老师都了解得清清楚楚。村民之间有纠纷，或者闹了点别扭，他左劝劝右说说，讲古今，谈历史，说过往，三下五除二就能排解掉。他用大家都懂的洄泉话，将双方的矛盾慢慢梳理，最终打开彼此心结。他是称职的调解员，能让村民平顺、理性地和谐共事。村子里岁数大一些的人，到现在还记着王应位老师的好心肠，对他解决纠纷冲突的能力交口称赞。

王应位老师看上了村子北面姚铁匠的姑娘。姑娘小名叫香香，虽不是天生丽质，却也耳聪目敏、健康活泼。当姚铁匠家提出不同意婚事时，王应位先生据理力争，说出自由恋爱的好处，发誓会用一生只为一个人，用一辈子去爱姚香香，会让香香得到幸福的。王应位老师娶了姚香香后，就回到了大拉牌村，相亲相爱，平静幸福地生活着。

在景泰的南北山村，王应位与姚香香是第一对自由恋爱的人。他们的故事传了很久很久，很远很远，真可谓开了先河。尤其在那个年代，王应位先生并不像有些书本所写的，只是偷偷摸摸地恋爱，而是能大胆地追求姚家香香，追求自己的爱情，迎难而上，敢于担当，最终成功，的确应该大书特书。我在景泰一中上学时，语文老师刘万符知道我来自洄泉村后，同我提到了王应位老师，提到了敢于追求幸福的姚香香,不乏欣赏与赞美之词。可见,王应位与姚香香,是洄泉土地上盛开的并蒂莲,根其深,花之美……

师生

　　石羊沟的称谓极富有诗意，读之便能感受到蓝蓝的天空，还有青青的草地，甚至可以看见一只只石羊低着头，专注地吃着草儿。

　　石羊沟村里，有好多王姓人家，王家在当地是个大户。其中有一位叫王怀忠的先生，家境不错，上过学，读过书，很有学问。很长一段时间，王怀忠先生在洄泉村教学，带出了一大批学生。应该讲，前面提到的王应位先生刚一走，王怀忠先生随后就调到了洄泉，并在这里教授了好多学生。

　　王怀忠先生说话总是轻声细语，不慌不忙，不紧不慢。在洄泉村学校，王怀忠先生授课的时间大约是1962年到1972年之间。在洄泉的日子里，王怀忠先生教学之余，与村子上几位读过书的人来往比较紧密。像我的大大师耀贤，张延州的父亲张绍武，还有生产队的五保户李福等，在他们身边，经常能看见王怀忠先生的身影。王怀忠先生跟他们聚在一起，有好多的话儿，有时会为一个词语的出处谈论半天。

　　到了星期天，王怀忠先生可能会在我大大家，与我大大坐在堂屋的炕上捂着一条被子。炕沿上，放着一瓶白酒，我大大陪着王怀忠先生，轻抿一口，唐诗宋词三千年，明初清末八万里……王怀忠先生善于吸纳知识，就在与洄泉村几位有文化的人士闲聊之中，研修学问，扩充自己。

洄泉村子里，人们的性格都较为平顺，不急不恼，有尊师重教的传统。早在有私塾时，洄泉村里的人看到家境尚好的人家知书达理，先人后己，就尊为榜样。特别是王怀忠先生在洄泉学校教书的日子里，他把谦虚、礼貌、秩序和严谨都教给了洄泉村的小孩子们，对这里的人们净化心灵、培养向善精神、树立宽厚品质都起到了积极的促进作用。

王登位今年已过七旬，是王崇山老汉的大儿子。当年，王怀忠先生在洄泉村里教书的时候，他岁数要大一些，没有听过王老师的课。王登位和村子上的几个娃娃在邻近的福禄水村里念书。2018年开春的时候，我在洄泉村见到了王登位，当时，他在家里的炕上睡觉。他回忆说，王怀忠先生在洄泉村教书时，从长相上看，就知道是个憨厚人，他对人诚恳，语言平实，慢条斯理。听长辈们说，当地人一直评价王怀忠先生是个好人，平和低调，稳当求实。

记得我七八岁时，父母曾告诉过我有关王怀忠先生的事。父亲和母亲见过王怀忠先生，也领先生在家里吃过派饭。

母亲说："王怀忠先生来吃派饭的时候，见了面都要点头问好，说话态度也非常谦虚。"虽然以往生活不太富裕，但每个家庭都把家里最好的食物拿出来，让王先生吃饱喝好。到了夏天，洄泉村里天气热，村民们都在擀凉面，做凉粉，想着让王怀忠先生能解解暑、降降温。到了冬天，宰了猪的家庭，会争先恐后地把王先生请到家里，让他多吃点肉解馋。遇到"四月八"、端午节等节日，村民都会请先生到家里吃饭。有时候，请不上先生来家里，几个邻居会商量好，只要王怀忠先生去了一个村民家，好几个家庭都会端着好饭好菜，聚集在一起，共同欢度节日。有时，晚上已经很迟了，月亮都升起来了，大家还非常兴奋地坐在院子里的台阶上，听王怀忠先生讲述没有听过的事儿。

王怀忠先生后来调走了，可能是告老还乡，回到石羊沟或者马莲水带课。

接替王怀忠先生的是尹老师，他的名字叫尹聚臣，个头很高，走起路来大步流星，有一种不达目的不罢休的劲头。

尹聚臣老师教起书来非常认真，尤其是他的板书堪称一绝。每次上完课，不仅是语文，就连数学等理科课程，都是非常完美的一黑板板书，笔力遒劲，书写规范，完美无瑕。无论是教授数学还是讲解语文，尹聚臣老师都会将课堂上讲授的重点一笔一画地写在黑板上，让人能看出这节课的所有要点。同王怀忠先生一样，尹聚臣老师也是轮流在各家各户吃派饭，每个家庭无论是否有孩子上学，对尹老师的饭菜都极为重视，尽量顿顿合其口味。当尹聚臣老师走在洄泉村的街上，清瘦的身影，笔挺的腰杆子显得那样的高大与修长，小孩子们只是在身后偷偷地张望，却没有一个人敢上前当面问候。尹聚臣老师表情严肃，不苟言笑，看起来有板有眼。

尹聚臣老师到洄泉学校教书时，气候比较干旱，村子里吃水非常困难，尹聚臣老师可能因是来自外地，他喝了涝坝里的水总是闹肚子。学生们发现，上完课，他在校园里走来走去，不停地在揉搓肚子。

放学之后，尹聚臣老师会安排高年级的岁数大一些的孩子拉着装满木桶的架子车去甜水井里拉水，他可以泡些茶喝。

甜水井，从井拐子再往西，大约500米就到了。甜水井是通过挖深坑，洞泉话叫挖"屏子"挖出来的，距离地面大致30多米深。那时候，甜水井里的水还是比较充足的，不需要人下到井底舀水，直接在井口放下绳子和水桶，就可以打上水来。

除了在村民家里吃派饭之外，尹聚臣老师喝的水都是甜水。后来，我听师志毅哥哥说过，他在上学期间曾多次去给尹聚臣老师拉过甜水，他和张杰武都是尹老师的学生。每次，尹老师都走在前面，嘴里哼着歌曲，从后面看，师志毅就觉得尹聚臣老师非常高大，像个巨人一般。

尹聚臣老师在教学上一丝不苟，管理非常严格。尹聚臣老师在洞泉学校里，教出的学生大都成绩优异，就像他带出来的邢得祯、师志毅和张杰武等人。师志毅虽没有上过高中，但恢复高考以后，他坚持自学，最终成为当年景泰县的高考文科状元。从兰州大学中文系毕业后，师志毅先后在省政协和省电视台工作，在电视新闻的制作方面颇有成就。20世纪80年代，师志毅曾写过诗歌，我看过他写的诗，但后来不知什么原因，没有坚持写下去。张杰武从甘肃工业大学（现兰州理工大学）毕业后，曾担任过兰州维尼龙厂和甘肃瑞盛·亚美特高科技农业有限公司董事长，为甘肃的塑料制造和农业节水灌溉做了很大贡献，他还当过甘肃省的"劳动模范"。邢得祯高中毕业后去新疆当兵，才思敏捷、文化底蕴深厚，曾是部队提拔对象，下放至连队锻炼，后不幸离世，真是洄泉一大憾事。当然，师志毅与张杰武两人之所以能干一行成一行专一行，且工作上大有作为，虽有多种原因，但与当初培养他们的老师关系甚大。其实，尹聚臣老师的言传身教及身体力行，影响和造就了那一批洄泉学生。

  尹聚臣老师是1938年出生的，祖籍甘肃临洮。1958年从临洮师范毕业后，就分配到了景泰。先是在大拉牌学校任教，后又调至洄泉学校。尹聚臣老师是小学特级教师，1988年获甘肃省园丁奖，1989年获"全国教育系统劳动模范"称号。可以说，尹聚臣老师为景泰县的小学教育事业奉献了毕生心血。

授业

　　洄泉学校最兴盛的时期，应该在 1968 年到 1976 年之间。洄泉学校原来只有小学一至四年级，学生五年级就要考入福禄水学校，然后才能"完小"毕业。到了这个时候，洄泉村的学生们不用外出求学，五年级继续在洄泉上学，最后就可以"完小"毕业。于是，所有洄泉村里的适龄孩子都要去学校上课，因为不用走远路，就近便可入校。

　　我上学的时候，大致在 1975 年之前。后来，因为全家搬迁到 50 公里外的兴泉堡灌区，我便转学到兴泉堡火车站那里的北滩学校，跟村子上的几个娃娃开始在那里上学。我上学期间，应该是洄泉学校教育事业不断进步的时期，当时，学校里的老师和学生都比较多。有了老师，根据县上大力办学的精神，洄泉学校便设立了初中部。像郑天军、师志凡、万国庆、冯时泰和张胜林等人就是第一届洄泉学校的初中毕业生。

　　1977 年，恢复高考时，第一届初中毕业班的郑天军、师志凡、万国庆和冯时泰四个人就被各类学校录取。当年，高考成绩公布出来后，大家都非常惊讶，也觉得很神奇。周围的任何一个村子上都没有这么多的学生同时被大中专院校录取。后来，其他村子上的人知道这四个学生都是从洞泉学校初中毕业的，都赞不绝口。

1975年前后，洞泉学校的校长是李武，他就是洞泉村人。1964年，因为家里生活困难，没有条件继续在县一中上学，便在高一下半学年肄业回到了洞泉村里。也是在同一年，李武老师开始了在洞泉学校的民办教师生涯。李武校长处理事情公正，很有威信，是难得的热爱教育事业的领导。

在我上学的几年里，经常能遇到李武校长蹲着给一、二年级的学生系鞋带，有时也拿着纸给小娃娃擦鼻涕，他的宽厚与大爱时时温暖着孩子们。在洞泉村里，我家是最贫困的，在那样的背景下能得到别人的笑脸，是一直能够记住的幸福。我同妈妈从内蒙古的临河乞讨回来后，家里决定要我继续上学，也用不着留级，跟上原来的班级就可以了。当时妈妈领着我到学校，找了李武校长，说了家里人的想法。李武校长鼓励我加把劲，好好赶一赶，将没有学过的课程抓紧补上来。

李武校长给我教过语文。在课堂上，李武校长仍然很和善，经常面带笑容，对一些课本上的重点和难点，会不厌其烦地解释、打比方，让每个听课的人都能弄懂、吃透和学会。遇到不懂的问题，李武校长不会生气，一遍一遍地讲解，直到大家学会为止。李武校长除了承担自己的教学任务之外，还要处理学校的行政事务。那时候，李武校长根据每个老师的基本情况，按照语文和数学两课的内容，组织老师集体听课。现在回想起来，才觉得李武校长真的不容易，呕心沥血，没有私心，负重前行，他为洞泉学校的发展操碎了心。

20 世纪 80 年代末，我写过一篇短篇小说《山的日子》，核心人物就是当时的李武校长和我们这些孩子们，有四万多字。省内一家杂志的编辑看过之后，认为基础材料很扎实，需要在细节上再处理一下，提了些修改意见。我当时大学刚毕业，要不停地找接收单位，时间很紧，只好搁置了下来。后来搬了几次家，《山的日子》也就丢失了，很是遗憾。

我上学时，景泰县教育局和喜泉乡公社辅导站给洄泉学校分配来了好多老师，这些老师都很有特点，像周德普，是一位来自兴泉村的老师，身材高大，体态丰满，不苟言笑。周德普老师好像一直在带四年级以上的班，给我哥郑天军当过班主任，也带过好几年的数学课。我年级低，周德普老师没有给我带过课，也说不上他上课时的情景。但平常见他，周德普老师还是很严肃，很少见他跟学生们开玩笑。有时在校园里，我们会看见周德普老师跟其他老师有说有笑的，但在学生面前就好像变了一个人似的。周德普老师给我们全校带过操，声音十分洪亮，在他的带领下，所有的口号整齐划一，声音响彻洄泉村。周德普老师平常住校，只是到周六下午，就骑着自行车回家了。有一年夏天，我和"老憜"代元信要去 50 公里外的兴泉滩上，正在柏油路上走着，碰见了周德普和阎穆信老师。两位老师主动用车子捎着我俩，一直到了兴泉村。经常想起当时的情景，心里还是很感激的，如果两个老师不捎我们，我跟"老憜"可能就走到天黑了。

与周德普老师一起调到洄泉学校的，还有其他老师，比如阎穆信。阎穆信老师来自福禄水村，与洄泉相邻，村子上有好多阎家。后来阎老师家搬迁到了灌区，离兴泉堡火车站不远，属于景电一期的"六支"上，就是在六支渠附近。与周德普老师相比，阎穆信老师就随意多了，经常笑嘻嘻、乐哈哈的。当时觉得阎穆信老师很好，和学生们相处得好，也爱跟学生们开玩笑。自己曾经也想过，长大了也要做这样的人，态度能好一些，笑容能多一点，大家的关系就更融洽一些。等到我大学毕业，上了班，才慢慢发现不是自己想笑就能笑出来的，这可能与每个人长期的生活态度、工作环境和性格有关。阎穆信老师当年教的主要是数学，看起来他还是比较悠闲的，很轻松。大多数时候，阎穆信老师背着双手，在校园里来回转，走上几步，他就从嘴里吐个烟圈，然后，又是一口烟雾从中间穿过，像画一般，美丽极了。

张生精老师，是跟周德普和阎穆信两位老师一起来到泂泉学校的。张生精老师是中泉公社人，从武威师范学校毕业，属于工农兵推荐生。大致是1974年左右，张生精老师毕业分配到了泂泉学校。

张生精老师没有给我带过课，但人比较年轻，皮肤很白净，总是觉得他精神抖擞，也很干练。他给低年级的学生带过课，我见过他夹着课本，精神头儿十足地走进某一个教室。早晨，我们吃过糁饭之后就来到学校了。那时我发现张生精老师吃过早饭，还要重新刷一次牙，当时认为，他跟别人不一样，为什么吃完饭了还要再刷牙，觉得就是浪费。

张生精老师的家离泂泉很远。所以即使到周末了，他基本上也在学校待着，很少回家。后来，我们知道张生精老师有对象了，寒假和暑假，他就离开泂泉去武威了。我家快要搬迁到兴泉滩时，张生精老师好像结婚了,他的爱人在武威柴油机厂工作。再后来,张生精老师一直活动着想往武威调动,最终如愿以偿。

现在听说张生精老师生活在白银,他的姑娘就在白银上班,但几十年了,再也没有机会见过张老师。

洄泉记忆

宿命

洄泉学校,除了前面所列的几位公办老师之外,还有一个不容忽视的群体,那就是村学里的民办老师。

长期以来,民办老师像其他老师一样,视岗位为生命,兢兢业业,踏踏实实,为洄泉村教育事业付出了极其艰苦的努力。也可以这样说,正是因为他们是洄泉本村人,始终把学生看成是自己的孩子,关心他们,疼爱他们,孩子们给了他们不断奋斗的动力。

今天,我们仍然怀念那些曾经在洄泉学校里奉献过的民办老师,正因为有了他们,洄泉村子里多了一份对文化的坚守与敬重。

师志刚,是洄泉村里的第一位高中毕业生。1967年,从景泰一中毕业之后,由于种种原因失去了上大学的机会,他只能回到村里劳动。对于洄泉村来说,师志刚确实是个人才,他品性优良,处事公道正派,知识储备丰富,全村老老少少都认可他。但在那个年代,加上一些特殊的人为因素,师志刚一直进不了洄泉学校,一直当不上民办老师。到了1973年,师志刚才走进了村学,走进了洄泉学校,成为一名农村的民办老师。

师志刚个人素质很高,从不会在背后说别人的坏话,即使在没当上民办老师时，他也从来没有说过别人一次。早一年到洄泉学校当民办老师的鲁延发，提起师志刚，只是简短的几个字：君子，确实是个君子！

由于个人素养较高，师志刚到了洄泉学校，对安排的各门功课都没有丝毫推辞，样样得心应手。在李武校长的全面领导下，师志刚将工作的重点放在打好"双向基础"上。

当时，师志刚进行了教学改革，要求老师们不仅要抓好语文和数学两门主课的教学，对品德、劳动和美术等副课同样也要求抓紧抓细抓实，培养农村学生素质的全面发展。师志刚大刀阔斧地进行教学改革的过程中，洄泉学校根据"双向基础"的要求，切实促进公开教学，实行听课打分制，从而促进教学水平的提高。

自从师志刚到了洄泉学校，这个默默无闻的村学就有了转机，教学质量突飞猛进，"双向基础"也日新月异，各项工作都有了新起色、新气象。

到了洄泉学校以后，师志刚觉得有使不完的劲儿。在教好功课、当好班主任的同时，他把主要精力放在了筹建洄泉学校初中部上。从教室布局到课程设置，从步骤方法到教学重点，不论白天黑夜，也不论暑月寒天，师志刚起早贪黑、呕心沥血，一项一项抓落实，一步一步走好路，使洄泉学校的初中部达到了一个初级中学的基本标准。

师志刚从学校现有教师的实际情况出发，让李武校长和周德普等教师教授语文、政治、历史和地理等文科课程，数学、物理和化学等理科课程，由他带头进行教授。1973年10月，景泰县文教局组织各类专家和中学老师对新办初中进行验收，洄泉学校的所有项目评价均在"A"之上，大家听了几门公开课后，对师志刚老师竖起了大拇指，称赞不已。

洄泉学校的初中部自1973年开始招生，第一届学生两年之后毕业。像郑天军、师志凡、万国庆、冯时泰和张胜林等，就是当年洄泉学校的第一届初中毕业生。这些学生，正是在师志刚等老师的教育下，从为人处事到课程学习，学得很认真，也很扎实。1977年，恢复高考制度以后，这个班上的郑天军、师志凡、万国庆和冯时泰都考入了大中专院校继续深造，后来在不同的工作岗位上作出了贡献，也取得了成绩。当年，景泰县到处都在夸赞洄泉村的学生，因为洄泉村学生的高考成绩好。像前面提到的郑天军、师志凡、万国庆和冯时泰，还有张延满、张延贵、李作品和张发强等，都是从洄泉学校初中部毕业的，后来，这些学生都通过高考，先后被各类学校录取。

正是因为师志刚老师认真教学，使这些学生们的基础知识非常扎实，能够运用学到的知识解析人生的各种试题，进而改变自己的命运。后来，跟李作品聊起了这个话题，我们都认为，老师就像置于高处的灯塔，能够引导或照亮学生要走的路途。

解惑，师志刚是良师。

试想，如果师志刚在1967年高中毕业后就能到洄泉学校教书。或者，1973年让师志刚的爱人薛延敏也能进入学校教书育人，一定能教出更多优秀的学生。

薛延敏老家在正路公社的石井村，家里出了几个念书人。她在景泰一中上学时，也是一名极其优秀的学生。后来因不能参加高考了，只好嫁给师志刚来到涧泉。倘若那时能够让薛延敏也当了民办老师，现在在外工作的涧泉人也许会更多。薛延敏搬迁到兴泉滩以后，大致到了1979左右才当了民办老师，不久就通过考试转为公办老师，又先后在武威和兰州等地教学，被评为小学特级教师。当然，人生没有假设。正因为有了缺憾，才能体会那种无规则的美丽。

师志刚没有给我教过课，我也没有机会聆听他的教诲。大致在1976年底，师志刚老师也搬去灌区兴泉滩，他先在兴泉滩的村学里教学，后来又到了兴泉堡火车站附近的北滩学校教学。在北滩学校，他仍然教初中年级，仍然深受学生爱戴。

后来，师志刚老师参加高考，最终被兰州师范专科学校中文系录取。大学毕业后，他被分配到了武威地区文教局工作，后来又在武威地区财贸学校当领导。再后来，他又调到兰州母校代课，授课之余研习书法。

师志刚老师退休后，调整了心态与情绪，每天精力充沛，依然看书学习，记录笔记，研究书法。他的书法造诣很深，给我赠送了不少作品，我一直在家里珍藏着。

选择职业，有些人一开始就是迷茫的。但对师志刚老师来说，教书育人是他的宿命。在三尺讲台上，他也实现了他的梦想。

德国哲学家雅斯贝尔斯说过："教育意味着，一棵树摇动另一棵树，一朵云推动另一朵云，一个灵魂唤醒另一个灵魂。"今天，我们这些在洄泉学校上过学的人，觉得对于洄泉而言，李武、师志刚、阎穆信和周德普老师以及早些时候的颜老师、王应位、王怀忠和尹聚臣老师，他们就是当初的那棵树、那朵云和那个灵魂。洄泉村的人们肯定会珍藏于心，铭记不忘，永远怀念……

解惑

民办教师是农村普及九年制义务教育的一支重要力量。

几十年来,民办教师忠诚于人民的教育事业,尤其在乡村学校,他们作出了重要贡献。

张林福老师是第二生产队的人,他好像住在洄泉学校东边一点。每次我到校园,总能看见张林福老师在忙碌着。

在民办老师里面,张林福老师给我带过语文和数学课。张林福老师不抽烟,最大的特点,就是脾气大了些。在校园里看见不喜欢的人或事儿时,经常会嘴往左一扭,哼上一声,声音虽不明显,但表达出了他的不满。如果在上课时叫学生起来回答问题,假若没有答对,张林福老师还是那样,嘴往左一扭,哼上一声,但他从来不打人,也不骂人。当时,我们在想,如果张林福老师把内心的不满能够完全发泄出来,可能他的内心就不再有压抑,会畅快多了。

后来,我们搬迁到了兴泉滩,没多久,张林福老师也搬迁到兴泉滩的村子里,继续当着民办老师。后来,这个教学点撤销了,张林福老师就回家务农了,也没有去火车站的北滩学校当民办老师。再后来,等我回到兴泉滩时,才知道张林福老师已经永远地离开了洄泉，离开了我们这些他深爱的学生。

鲁延发老师是高中肄业，大致在1972年来洄泉学校当老师的。鲁延发老师的腿有点瘸，走起路来比较明显。那几年，洄泉村的男子篮球队非常有名，包括鲁延发在内的那一批人，气势、技术和能力都很强，始终是场上的主力。

鲁延发给我没有带过课。在学校里，鲁延发老师经常拿着三角尺，到某一个教室上课。下课了，他就从口袋里抽出一根烟，慢慢点着，又慢悠悠地往宿舍走去。

跟鲁延发老师接触多的原因，始于"抢粮食"。夏收时，就会把生产队里的小孩集中起来，由学校老师或者生产队指定负责人，带领娃娃们到拔过粮食的砂地或土地里捡拾麦穗儿。鲁延发老师根据生产队抢收粮食的总体安排，带领我们背着背篓，去墩墩滩还有大洄泉沟里拾麦穗。那几年，跟鲁老师接触频繁，他的嘴角老是挂着笑容，快快乐乐的。

姚得明，他的父亲就是从河南流落到洄泉的姚铁匠，他是第二生产队的人，应该是初中肄业吧。姚得明老师来洄泉学校的时间，我是不清楚的，我上学的时候，他就已经是学校的老师了。

姚得明老师给我带过课，记得他教的是数学。总体上看，姚得明老师是比较严肃的，无论在课堂上还是学校院子里，他都是一样，面对学生娃娃时脸上不带笑容。但这仅仅是表面现象，我上学期间，从没有见过姚得明老师耍过脾气，也没有发现他打过哪个娃娃。在那个年代，好多老师都备有教鞭，就是长短合适的柳树条子。姚得明老师就有这样的柳树条子，他每天上课时，都要带到教室里来，虽然不会对学生娃娃使用，但我们看见还是挺害怕的，起到了警示作用。

我已经很长时间没有见过姚得明老师了。1975年，我们搬迁到兴泉滩以后，就再也没有见过。只是听洄泉村子上的人讲，到了20世纪80年代，景泰县同全国一样，也是大办乡镇企业，小砖厂、小水泥厂和小煤矿如雨后春笋，热火朝天地开办起来。此时，姚得明老师听了亲戚的劝说，给洄泉学校写了"辞职报告"，要到外甥办的水泥厂去工作，好像去当会计。姚得明老师去的这个厂子，可能是由于资金与技术原因，似乎只生存了很短时间。现在，姚得明老师在景泰县生活着，也算是颐养天年吧！好像姚老师的姑娘，比我们低一个年级的，叫姚彩霞，也是离开洄泉就再也没有见过了。

张发武老师也是高中肄业生，因为有些文化，之前在大队里当文书。从名义上看，大队文书上面还有大队书记和副书记，文书没有实权。其实，关键还要看人，一个单位和一个部门，别人看起来没什么营生，主要是看你会不会干。如果你是一个比较聪明的人，就可以在这个局势下运作，办成好多别人想也不敢想的事儿。

张发武老师在当洄泉村大队文书时，大队的公章一直在文书处保管。村子里的人要外出开个介绍信，或者要领个结婚证，都必须经过大队文书同意才能盖上公章。就在1976年左右，张发武老师可能觉得还是当民办老师好，将来有考试转正的机会，便辞去了大队文书，来到洄泉学校教学。张发武老师给我带过课，大概有一两年时间，他教的是语文。张老师脾气不好，动不动打学生，我就挨过好几次打，其中有一次，他打破了我的鼻子，血流了好多呢。张发武老师对新知识的渴望还是极其强烈的，他学习的劲头一直很足。那么多年的农村生活，没有削弱张发武老师的激情，他一直在思索，想要在语文教学领域能有一席之地，且孜孜不倦地奋斗着。

后来，张发武老师也通过考试，将民办老师的身份转成了公办老师，也调去周围几个村子当过老师。现在，张发武老师早已退休了，就在县城住着，身体非常不错，七十多岁的人了，每天还骑着自行车东出西进。

记得很早时候，张发武老师在写诗歌，我见过他的底稿，写得比较多，但发表的似乎少了些。

故乡并不华丽,
没有高楼大厦,
但温馨。

第二辑 我家邻居

远亲不如近邻。

久居城市,虽与故乡的距离越来越远了,但却感觉近在咫尺,这是人记忆里熟悉的。

切换现实镜头,郑天敏的讲述隔着时空,是时间深处的花絮。

是的,一个人的成长带有风土人情。如同味蕾,总会在潜意识里记录下最初入口的味道。人到中年,渐渐不喜热闹和浮华了,心头静了,在纷繁的尘世里,脑海里占满了往事,怀旧就成为常态。

开始喜欢翻看老照片,颜色暗淡,附着了岁月的痕迹,此时,陈酿的乡愁浓似烈酒。隔了多年,期间流走了多少时光,但记忆不老。静夜,泪如清辉,打湿的除了枕巾,还有心底的乡土旧事。

当一个人喜欢听乡音的时候,就开始老了。变老的过程中,梦就稠了。稠了的梦里多是乡下邻居的面孔,喜怒哀乐,让自己一下子穿越成了少年。

乡下邻居质朴,诚实厚道。在水泥堆砌的城市里,高楼中的人是矮小的,呼吸是压抑的。唯有想起乡下的左邻右舍,自己麻木的心才有活力。

原本,城市是别人的。自己就是一粒被风吹落的种子,终生都在惦念着那片能扎根的乡土……

洄泉记忆

奶奶

我家在洄泉村的最南端，周围人家不是很多。我家的西边除高洁纯净的庙儿湾，再没有人家，东面相邻的就是我奶奶家。

奶奶家也是土房子，有五间堂屋，东头连着厨房。堂屋由两根圆柱子架起，台阶比地面要高许多。除了冬天，来人一般都坐在台阶上闲谝或晒太阳。

奶奶家里，我是经常去的。虽然奶奶不喜欢我，但她终归是奶奶，时不时去她家坐坐，听她跟大人们聊天，讲古今。

爷爷把偷吸鸦片的奶奶卖了以后，奶奶的日子过得很困难。后来，有人告诉我爹，说奶奶生活极其艰辛，经常是吃了上顿没下顿，连衣服都穿不起。洄泉村里的土地特别多，种上什么就能长成什么。于是，我爹跑到东黄崖，劝请奶奶回到洄泉，"土改"时贫雇农能分上土地，在老家生活。奶奶还是听了我父亲的话，吆马动车带领全家，再一次踏上了洄泉的土地。

在洄泉村里，我奶奶不但分上了地，还盖起了房子，家里条件属于中等偏上的。要说起邻居，我认为奶奶家必须排到第一来写。

从我记事起，我们两家就不在一起生活，两个独立的院子，单独做饭，没有什么来往。我父亲那时经常会去我奶奶家坐坐。每次到了奶奶家，他就坐在奶奶家的炕沿上，话也是比较少的，嘴里抽着旱烟卷，默默地看着屋里，看着我奶奶。有时，我奶奶有什么安排便会大声地说，父亲连忙答应。我觉得，是不是奶奶强势了，她的儿子们就比较乖顺听话呢？父亲是这样的人，张家大爸爸和尕爸爸也是如此，我从没有听见过他们有什么高谈阔论，也没见他们在奶奶当面能大声地表达自己的意见，讲述对某一件事的看法。

一般情形下，奶奶也会来我家转转。她老人家拄着拐杖，步伐很快，背有点驼，来了就在我家炕沿上坐一会儿，多会批评我们把哪件事儿没做好，应该怎样怎样去做。

更多时候，老人家就是过来喊我二哥去她家吃好吃的，像猪肉、羊肉和鸡肉，也有蒸的肉包子和油包子，还有做的凉粉、擀的凉面等。奶奶只是站在门口，用拐杖挑起门帘，喊上一声"福全儿，走"，我二哥就跟在后面走了。

二哥很少说话，脾气特别好，很对奶奶的路数。放了学以后，我二哥如果背上背篼去山里拾粪，回到家，肯定会带回来一大把芨芨草秆，可以用来当点旱烟的引线。我二哥常常会到我奶奶家，把那些芨芨草秆送给奶奶，奶奶自然心里高兴，也因此骂我为什么不知道给她捡的。

我奶奶特别喜欢我二哥，也没见过他俩说过什么话，但就是融洽。我觉得，父亲由于缺乏父爱与母爱，从小到大性格软弱、胆子小，很少粗声大气的，估计能给奶奶说上比较中听的话也是非常少的。当时我就在想，奶奶是比较强势的，她应该更喜欢另一个强势的人，就像是我这样的。渐渐长大后，我最终明白，奶奶的强势还是建立在别人对她的尊重上，只要尊重她了，一切就好办了。

家里从大人到小孩，奶奶最反感的、最见不上的就是我了。我也不知道奶奶为什么不喜欢我，是因为我的性格，还是我的为人处世？反正一直都看我不顺眼，我老是挨她的骂。

小时候，别人越不喜欢，就越想要让别人喜欢，自己总是在找原因，还想不断地改善。晚上睡觉躺在炕上，心里总在想，从明天起，认认真真做人，踏踏实实干活。最主要的，就是向我二哥学习，顺着奶奶，不吭声，多听话，有什么装在心里，把话儿都咽到肚子里。特别在那个年代，让老人喜欢就意味着可以得到更多的物质，还有更多的关怀、更多的爱。就这样，自己想了很长一段时间，但最终我还是倔强地认为奶奶不喜欢我，原因不在我的身上，而在于她自己。

所以，在那个时代，这种不被老人喜爱的状况是非常令人痛苦的。特别是奶奶家的条件好，每天吃的东西要比我们家丰富得多，因此，我也就失去能够吃上奶奶家好吃的的机会了。这在很长时间里，让我的内心十分痛苦，纠结这绕不过去的坎儿。

奶奶家的条件为什么好呢？主要原因有三方面，一是奶奶是个手艺人。不知道她在哪儿学的，会帮助女人接生小孩，能够看着大肚子女人，就知道她分娩的大致时间。当时的农村妇女们都不知道自己的预产期，所以，大家都认为奶奶是个伟大的人物，是个了不起的英雄，老人家隔着肚皮能知道肚皮里的事儿。二是奶奶后来嫁的张家爷爷会杀猪，也是一个手艺人。每当到了腊月，凡养了猪的人家都会请上张家爷爷为他们家杀猪。张家爷爷在刚刚杀了猪的人家能饱饱地吃上一顿有好多肉的糁饭,还将猪的尾巴和一块叫作杀命骨的骨头拿回家,这就是杀猪人的劳务报酬。三是奶奶家里的人多,并且都是大人,可以挣来工分。在生产队里,奶奶家挣的工分多。工分,是物质分配的第一要素,每次分粮或分瓜,奶奶家分得还是比较多的。

奶奶练就的接生技术让她的后半生极为荣耀。那个年代里,奶奶走过很多的村庄,每个村庄里几乎都有奶奶接生的两代人,甚至三代人。

奶奶是杨家姑娘,但完全没有人知道她叫什么名字,恐怕就连她自己也忘了。但洄泉村以及大拉牌村、福禄水村、大甘沟村、小甘沟村、石羊沟村、马莲水村、高家庄村、青羊淌村和铧尖村等附近村子,人们都认识奶奶。奶奶是尕脚老太太,身材也小,知道的人都叫尕太太,或尕奶奶,或尕婶婶。加上老人会接生,这手艺在那个年代几乎没人能学得来,因此,每家每户都离不开这位老人。

所以说,奶奶在那个年代,是非常攒劲的,就像羊群里的头羊,一直左右和牵制后面羊群的走势。

此外,奶奶还有另外一门技术,就是给小孩看病。谁家小孩不舒服了,就将奶奶请到家里,她又是捏背,又是用艾蒿灸治,手艺丝毫不输于接生的技艺。说来也怪,凡是奶奶看过病的小孩,身体都会渐渐好起来,活蹦乱跳的,健康地成长。

这样一个有本事的奶奶,却为何不喜欢我呢?直到今天,我依旧在痛苦地想,依旧没有答案。

唉个子

在我家的正南面，是张延满的二爹家。他家有很高很厚的院墙，人在上面能放开了跑大步。在那个年代，能修起如此的院落，日子过得绝对不错。

那时，人们都把张延满的二爹叫作"唉个子"。

因为张延满的二爹说话一张口，就是"唉个，唉个"的，村人便把他叫"唉个子"，他不生气，反正自己就唉个唉个的。

我们小孩子也是偷偷地这样叫着，当面肯定是不敢的。唉个子性格直爽，快言快语，直来直去，且比较清瘦，留很长很长的山羊胡子，布满了嘴唇的四周，除非要张口大笑，才能看见洁白的牙齿，平常都被胡子包围着。

从我记事起，就没见过唉个子的老伴，有可能早就去世了。吃过早饭，他老人家都要出门左拐走几步，上到小山上。

小山峦位于唉个子家的东边，我奶奶家的东南面，并不高大，这个小山峦，是我们大洄泉沟口的精神支柱。天气晴朗时，周围几户人家的老人和娃娃们，都会坐在山峦上，观看村子，观看村子里的人们，观看村里的态势。坐在山顶上，能看见洄泉村的大部分，许许多多的人或事,都会尽收眼底。特别到了夏天和秋天时,晚上吃过饭,山下的奶奶家、张延满家、我家、鲁占先家和唉个子家的人们,会先后出门,陆续来到山峦的顶上,聊一会儿今年的庄稼,谈一下秋后的收成,也会说说当天发生或遇到的事件,猜想明天或后天将要发生的事儿。

唉个子没有生育过小孩,是他大哥把二儿子张延义过继给了他。小时候,我们就知道张延义与唉个子是养子养父的关系。张延义结婚之后,还与唉个子一直生活在一起,操心老人家的吃穿。唉个子与养子的关系还是比较融洽,没见他们争吵过,也没见过有磕磕碰碰的事儿。

我记得,唉个子在生产队里,是负责看瓜地的。涧泉村里的瓜地,就在村子靠西边的砂梁上,走大拉牌村和福禄水村都要路过那里。虽然,我们跟唉个子是正儿八经的邻居,但他属于不讲情面的老汉。有时,我和代元信去要瓜,不管怎样哀求,结果都是一样的,只能是挨一顿骂。

出了院墙不远,在唉个子家的左侧,是一片比较大的空地。不知什么时候起,老人家就将这块地方开辟成了自家的菜园子。到了夏季,遇到下雨天,唉个子头戴破草帽,身上披着塑料布,手拿铁锹,光着脚在雨地里跑来跑去,忙着引水浇菜园。唉个子用铁锹挖个小沟,将那些积水引到一起,再浇到自家的菜园子里。

整个夏季,唉个子家的菜园子里一直生机盎然。绿色的叶子,在枝干上茁壮地生长着,将那些雨水和阳光,很有节奏地吸纳与吐露,让园子里充满着生机与活力。枝杈间那些红彤彤的辣椒以及还埋在地里的绿茵茵的萝卜，讲述着一个又一个成熟的故事。

我记得唉个子还是比较小气的，他不会将园子里的红萝卜、西红柿、绿萝卜摘下来送人，尤其是像我们这些小屁孩。有时，我们站在菜园子外面，隔着沙枣刺和白刺围成的栅栏，眼瞅着地里的红红绿绿，馋得口水都流出来了。

那是一个秋天的夜晚，不是月头，就是月尾，天上没有丁点儿的月亮，只有一阵一阵的风儿，轻轻地吹拂着。唉个子和周围邻居，围坐在小山顶上，他们一会儿三国，一会儿聊斋，兴高采烈地谝着，夹杂着爽朗的笑声。可见这些憨厚的农民，在秋天没有月光的夜晚，虽然天色黑暗，却依然高兴与快乐。我和张延满、韩长福三个人，先在菜地边听了一会儿山上大人们的嬉笑，然后悄悄爬进唉个子家的菜园子。绿萝卜和西红柿已经成熟了，这是我们经过好几天观察得到的结论。于是，张延满负责偷绿萝卜，我和韩长福联合偷西红柿。很快，我们就大获全胜。先是在菜园子边上，蹲着吃了好多萝卜和西红柿，还不停地打饱嗝，紧接着，我们三个人又将剩余的赃物全部藏在张延满家房后的过道里，用柴草遮掩住，商量好第二天早上再取。最后，我们重新来到山上，接着听大人们你讲我谝，别提有多高兴了。

在唉个子家的菜园子后面，有一片长方形的空地，再稍微往北，就是我奶奶家了。前面的这块空地，属于我奶奶家的私有领地，别人是不能插手的。平常日子里，这儿就是我奶奶家倒炉渣的地方，哪些炉渣在上面，哪些炉渣在下面，我奶奶心里面有数。在捡拾完未烧尽的炉渣后，炉灰就越垒越高，能隔住唉个子家菜园子长势喜人的蔬菜。在靠近东面的角上，是一块地势较低的平地，我奶奶每天就在附近，将人畜的粪便收集堆积，越积越多。然而，我奶奶不知道的是，唉个子背个背筐，每天早晨起来到附近转一圈儿，将拾来的粪便也倒在那儿。我觉得最早这块地方应该是唉个子的属地。也许，我奶奶发现这里收集粪便比较好，可能在这儿扒拉过几次，就认定这儿是她的地盘了。有一天，宁夏中卫的人来涸泉村收购粪便，为这堆粪便的归属，我奶奶最终和唉个子打了起来。不用说，吃了败仗的当然是唉个子。老汉的头被我奶奶用拐杖打破了，鲜血直流，被儿媳妇田明香劝回了家里，且这堆粪便最终归我奶奶所有，她卖给了宁夏中卫人。

张延义小两口对唉个子很尊敬，做饭端茶，洗衣煨炕，一直到养老送终。

那时候，作为邻居，我们依然觉得还是比较亲近的。唉个子的养子张延义年轻力壮，他做事雷厉风行，说干就干。

记得当时张延义是村子里篮球队的主力。他家里常来的人有老宽、鲁延发和车银安等。可能都是篮球队的，他们在一起聊天，讲的都是打篮球的行话，我们也听不懂。有时，能看到他们几个人在唉个子家的院子里，一招一式进行比画。张延义对人比较和蔼，笑容经常挂在脸上，在街上遇到老人，早早地问候一声。包括对我们这些小孩，态度也是比较好，最起码，张延义不会骂人。

田明香是张延义的老婆，我记事时，他俩就已经结婚了。田明香对人也很好，与周围邻居关系融洽，也从不东家长西家短地说别人。她跟我妈妈关系特别好。有时，做了好吃的，会给我家送上一点。后来，

洄泉记忆

我去洄泉村上,听说张延义因病去世了,田明香好像搬到县城一条山,跟儿子一起生活着。

张延满

张延满比我大一岁，我俩没有在一个班上，但是关系很好。

我们两家住得比较近，属于正儿八经的邻居。所以，在孩提时代，和我关系好的人，一个是代元信，一个是邢得才，另一个就是张延满了。

张延满家在我家靠右前面的前面，除了上课时分开，我俩大多在一块儿，一起走路到学校，一块儿放学回到家。每天晚饭后，包括星期天，我们肯定会在一起，玩耍或者帮家里干活，像不离不弃的亲弟兄一般。

张家儿女多，张延满有三个哥哥和两个姐姐。由于张延满排行最小，又是男孩，洄泉村的人就叫他"垫窝子"或者"老疙瘩"。他的哥哥、嫂子和姐姐，都是生产队的强劳力，挣的工分高，所以他家的条件比较好。

张延满的爸爸和妈妈，都非常和蔼可亲，特别是他的妈妈，爽朗大气，常常是人未见笑声先到。我们两家关系比较融洽，大人们走得很近，没有出现过是非，从没有闹过矛盾，更没有不愉快的事儿发生。

一个星期天，我跟张延满商量好，早上吃过饭一起去野狼沟拾粪。我早上在家吃了糁饭，背着背筐到张延满家去叫他。他家饭吃得比较迟，张延满的妈妈做的是苞谷面疙瘩，里面卷的麻子馅。疙瘩熟的时候，张延满妈妈给我也舀了一碗，推辞了一下，我就很快吃完了，一声饱嗝，觉得好舒服。然后我们两个就走出了屋子，走向西边的野狼沟。

张延满的父亲，那时候我觉得岁数比较大，留着个山羊胡，话也比较少。从面部表情来看，张延满的父亲就属于老实憨厚的人，一脸的纯朴。张家大爷使唤牲口有一套办法，经常看见他驾着队里的牲口，去犁地或抄地。

行走在路上，张家大爷很少说话，只是默默地看着前方很远很远的地方。几只燕子，从井拐子喝了些水，轻轻掠了过来，也听不见叫声。有时，牲口带着笼头，在前面整整齐齐地走着，张家大爷拿着鞭子，静静地跟在后面。他不会打牲口，只是吆喝几声，张家大爷与生产队的老汉们聊天的时候说过，别看牲口不会说话，它知道人们对它的态度，也知道人们在说它什么，都是有生命的，所以不能无端地打它们。张家大爷性子较静，很少大声喊叫，在这一点上，与他的亲弟兄唉个子有明显区别。他的弟弟唉个子心直口快，干什么都是粗声大气的，而张延满的父亲则是非常平和。

张延满家的房子多，但也是用土块砌建起来的。除中间的上房之外，东面和西面都各有一套偏房，大致有四五间，有点像四合院。中间上房有台阶，有一尺高，用长条的石块砌成。晚上他们一家人都在台阶上吃饭，也有串门的邻居，大多都是坐在台阶上，一边吃着，一边谝着。

张延满的妈妈好像是从白波子嫁过来的,大约靠近皋兰县了,说话带兰州口音。她说话我们是比较爱听的,她与我们小孩们关系也很亲近。她老人家最爱讲笑语,几句话儿就能把人惹笑。也正是在这种嘻嘻哈哈之中,她老人家已经知道了要做的工作,也会把事情问清楚或答复完毕。我不知道,张老太太为什么把我叫"三猴子",可能是我太瘦的原因吧,又在家里排行老三。反正我是记着的,最早是张老太太如此叫我的。后来,涧泉村子里好多人也是这样叫我,没有考证过,是不是就是张老太太随口叫出来的。

张延满家有个比较宽大的后道,他家的柴火、麦草都井井有条地堆放在那里。张延满家的劳力多,每天要出门挣工分。我记得,张家奶奶经常在烧馍馍,好像几天就要烧一次呢。烧馍馍时,把石板放在砖块上,再扣上砂锅,点燃柴草后,先是大火再是小火,慢慢烘烤。火候是由张老太太掌握的,她知道什么时候加把火,知道再烧多长时间,何时就可以揭开砂锅。等到取馍馍时,人们还是很期待的,我和张延满曾一起看过她妈妈取馍馍。揭开砂锅之后,金黄金黄的馍馍就展现在我们眼前,香气扑鼻,好不诱人。

张延满是比较大气的,也许是从小生活条件较好,他从不吝啬。遇到他家里烧馍馍,张延满会给我些馍馍吃,我也是能够解解馋的。每次放学后,要去山里拾粪或挖柴,临出门时,张延满会在口袋里装些干馍馍块,我们俩边走边吃,边吃边走,十分惬意。

有一次,张老太太在家里烧馍馍,那是用玉米面做的"碗坨子"。我记得是个夏天,放学后我和张延满约好要去山里拾粪。把书包放在家里后，我俩背着背筤，往野狐岘沟里走着。他给了我一块碗坨子，说他妈还在烧呢，前面烧好的就放在后道的架子车上晾着。得到这个消息后，我动员他再回家一趟，目的就是再偷些碗坨子。张延满重新回到家里，骗他妈说把拾粪的小框忘拿了。说完张延满就往后道里走，我就在他家后道墙外抱着背筤，等着他从里面往外递碗坨子。我们偷了一个大大的玉米面碗坨子，嚼在嘴里，香甜的味道能遍布全身。现在，想想以前洄泉村里的生活，仍然觉得有滋有味，且有些细节令人终生怀念。

恢复高考以后，张延满考取了武威地区师范学校。毕业后，他去了金昌市金川公司的一个小学，先是做老师，后来当过校长。

自从他上了武威师范以后，我们就很少见面了。他在寒暑假才会回到洄泉，加上我们家也搬迁到了兴泉滩，几乎就见不着面了。再后来，大约是1985年前后，我到金昌看望二哥。张延满放假就回景泰老家了，我们哥俩住在金川公司的小学里，也算是替他照看学校。

余家奶奶

我家屋子的后面，就是张延广的家。

我家跟他家的院子基本上是对端的。跟我们家一样，张延广家也没有大门，院子敞开着。由于张延广比我岁数要大很多，玩不到一起。自从搬迁到兴泉滩以后，我就很少回洄泉村，所以极少见他。现在算起，张延广差不多有七十多岁了。

我不知道，张延广的父亲是什么时候去世的，可能比较早吧。除了张延广之外，他家里还有个老太太，我们称她余家奶奶。现在想，应该是张延广的妈妈姓余吧，所以村子上的人，有的叫她余家婶婶，有的叫她余家奶奶。

余家奶奶个头高，属于比较清瘦的，人极精神，是一个较为强势的女人。余家奶奶虽然身为女人，但她走路和说话掷地有声，没有丝毫的含糊，带着一种必须服从的腔调。余家奶奶嗓门很大，无论是叫鸡唤狗，还是安排事务，都是高声大气，从不羞羞答答、遮遮掩掩。也许是老早就成了家里的"掌柜"，无法回避的矛盾与困难，都要求她必须作出安排、选择和决定。现在，想起这个坚强的奶奶，让人回味、怀念，并会永远地记住她。她的那种果敢与不懈，影响着一个家庭或家族，按照运行规则，在不停地向前推进、演绎和完善着，而所有这些，正是因为余家奶奶超出一般女人的魄力。

余家奶奶是比较有个性的人，不是对什么都一团和气，或者逆来顺受。余家奶奶具有明辨是非的能力，知道将要发生的事情会对她的家庭和她的儿子产生什么影响，如果要运作的话，就思谋着该朝哪个方向努力。我想，余家奶奶早年可能受过不少委屈，感受过苦难的滋味，所以，我几乎没有看见和发现她流过泪。我记得，不知到底是因为何事，我奶奶与余家奶奶吵过架，并且吵得特别厉害。

时间就在黄昏时分，两个老太太都拄着拐杖，在余家奶奶家的院子前边，你一言我一句，开始了对骂。当时，余家奶奶让我们一群小孩站在边上，说清楚我们不能走。现在想，是不是她老人家要让我们事后作证，余家奶奶只是跟着我奶奶相互骂街，并没有动起手来。开骂还是很激烈的，两个老太太似乎谁也没有把谁放在眼里，但是过了不久，我奶奶就昏倒了，躺在地上。我奶奶不知什么时候起来的，她老人家经常一气之下就会昏倒，要使劲儿掐人中才能醒过来。我想，正因为她知道我奶奶有这个毛病，才不让我们小孩子走吧。

张延广一只眼睛天生有些问题，看东西不是太清楚，有些模模糊糊，但基本上不影响生活，包括生产劳动都能正常参加。

张延广好像也没有念过书，因为他不会写字。有些时候，当家里要签什么字时，张延广就会拿着纸单子，到我们家喊我哥哥帮着签。张延广每天都跟着大伙儿一起出工，话也不多，干活非常卖力，是个老实人。

张延广没有结婚的时候，曾有几年在生产队放过驴和马，早上出门很早，中午就在山里吃点带的炒面，晚上很迟才回来，从不糊弄这些牲口。那些年，生产队都要饲养几匹母马与母驴，这些牲口们要担负起怀孕和产仔的重任。只要产了仔，这些母马母驴们都会被张延广照顾得妥妥帖帖。每天，除了按时带它们出去吃青草，傍晚，张延广还要拌青豆子或者红薯片子给牲口们加些料，不能让它们伤了元气。记得代元信的父亲代绍山，对人要求比较严，是个很少夸赞别人的人，但老汉对张延广却赞许有加，他认为张延广把牲口当成自家的，才能照顾得那样好，也才能照顾到那个份上。

到了张延广二十来岁的时候，余家奶奶给他娶了媳妇。这个媳妇好像就是邻村大拉牌村的，是一个哑巴，但心灵手巧，什么家务活都会做，就连拔麦子、抄地等农活也能干得有道有痕。他的哑巴媳妇姓什么名什么，我们都不知道，但我们吃过她烧的馍馍。馍馍里卷着姜黄和麻子油，黄一道，黑一道，看一眼就能激起食欲。哑巴媳妇脑瓜子好，我家搬迁到兴泉滩以后，遇到原来邻居结婚或者老人去世，偶尔回洄泉遇到她，她用手势和哑音，请我们到她家里坐坐。

2015年的冬天，我父亲的隔山兄弟张家大爸爸张忠彩去世了，我回到洄泉村吊唁。在丧事上，见到了哑巴媳妇。在别人的"翻译"下，知道她问我母亲过世的具体时间，还念叨着母亲以往的善良与憨厚以及她对母亲深深的怀念。说起这些，哑巴媳妇动情了，眼角都是湿润的。她的真诚，让我非常感动。

余家奶奶跟我外婆之间，关系也是非常好的。

那个年代，我外婆每年都会到我们家来，住的时间是比较长的。外婆来了之后，过上几天，她会主动到我们的邻居家里，说说话，串串门，聊聊天。可能是同病相怜吧，我外爷去世得早，外婆看见同样失去丈夫的余家奶奶，会有一种特别的亲近感。我外婆有时去余家奶奶家，就坐在她家的炕沿上，两个老太太说东道西，慢慢悠悠，好不乐哉。

有一年，春天到来不久，洄泉村子里的榆树上就结出了嫩绿嫩绿的榆钱子，看着太诱人了。榆钱子应该是张延广摘的，余家奶奶用盆子清洗了几遍后，倒在一个竹篦子上，把水渐渐控出。最后，在榆钱子上拌上面粉，放到柴火上上锅蒸。大约10分钟，榆钱饭就算蒸好了。揭开锅盖以后，面粉有些微微发黄，紧贴在榆钱子上，那种嫩绿看着更鲜艳更诱人。余家奶奶给我外婆也盛上，两人边吃边聊，满嘴溢香。

张延广生了两个儿子，好像还有一个姑娘。现在，应该有孙子和孙女了。他们家依然还在洄泉村的南村口，还是能听到鸡鸣的声音，猪也养得肥肥的。张延广和哑巴媳妇生活在那里，每天迎着初升的太阳，将日子过得有滋有味……

陈家

我家的后面，与张延广家并排靠西面的一家，是陈家的院落。

陈家是洄泉村子上人口比较多的家庭。陈家爷爷好像有病，大冬天的一丝不挂，住在旁边的小房子里。我曾在他家见过，陈家爷爷拿着生猪肉，放在嘴里大口大口地咀嚼，狼吞虎咽似的。当时，我们看见他很害怕，都躲得远远的，他见我们只是嘿嘿傻笑。

村子上的人，都把陈家爷爷叫作"陈麻子"，原因是他出过天花，脸上长满了麻子。我们小时候，娃娃们都会念："陈麻子呀长麻子，大洄泉口上陈麻子，一觉睡到大天亮，还是洄泉陈麻子。"后来，回忆起这些歌谣，觉得也没有多大含义，就是表明了在大洄泉口上，有个陈麻子。我们还没有搬迁到兴泉滩上的时候，在一个特别寒冷的冬天，陈家爷爷就去世了。当时，丧事办得很隆重，悼唁、帮忙的人特别多。

陈家奶奶是个小脚，我记得那时候，她并不太老，走起路来腰板挺得很直。陈奶奶性格不急不躁，说话也不紧不慢，但只要她说出来的话儿，儿子们必须得听。

陈家爷爷去世之后，陈家奶奶就操持着整个家务。陈家奶奶按照生产队里的安排，指挥儿子们按部就班地干农活，挣工分。如果哪个儿子想偷懒，思谋着开个小差，不想劳动要溜号，首先在陈家奶奶这儿肯定是过不了关的。年底，由于家里劳力比较多，通过挣工分分的粮自然也就多了。

在所有的邻居里面，应该说，陈家的生活还是挺富裕的。也许陈家家底厚实，还是有以前的存货的。但不管怎样，我认为，这显示出了陈家奶奶的经营本领、对一个家庭的管理水平和操持能力，人们也还是比较佩服她的。那时候，别看陈家奶奶不干什么重活，经常坐在炕沿上抽着旱烟锅子，但她的内心里，或许正在盘算，掂量下一步要让家庭如何运转。

陈家有五个儿子。

大儿子话少，但做起事来极其认真。我很小的时候，陈家老大去新疆当兵了。后来，陈老大就很少回来，他在新疆安了家。

陈老二是赶马车的，生产队拉货外出是他的主要营生。我觉得陈老二脾气比较倔，说起话来声音很大，话里话外总有一种不满情绪。

陈老三在生产队里劳动了一段时间后，就被派到邻村学起了木匠活。木匠属于农村里的技术工种，油水比较大，陈老三在那个年代还是比较吃香的。他没有受过多少苦，谁家要盖房子了，或者做家具，就请陈老三去干木活。

陈老四可能是初中毕业，刚赶上了推荐工农兵上大学，他到白银公司技工学校学习汽车驾驶技术。每年寒暑假时，陈老四就从白银回到泂泉村，抽着香烟，很有派头地走在村里。

陈老五比我要大好几岁，可能跟我二哥差不多年纪。记得他学习好像不是太好，似乎一直在留级。我在洄泉小学上一年级的时候，陈老五就在那儿念书。到了恢复高考制度以后，陈老五可能是初中毕业没有考上高中，就在水泥厂里干活。

陈家奶奶性格好，很少生气，也没见她骂过人，我们小时候也常常去她家玩。到了冬天，陈家奶奶家的堂屋里生着火，不大的铁皮炉子在房间中央。外面玩的时间长了，我们就赶快跑到陈家奶奶家里，站在炉子边上，两手拉起衣服，肚皮上就觉得滚烫滚烫的。

陈家奶奶在家里，主要任务就是给儿子们做饭。我还没有上学的时候，第一次见打荷包蛋就是在陈家奶奶家里。那天是个中午，她家里好像再没有人，儿子们出工了，就她一个人待在家里。陈家奶奶用一只小锅，先舀上凉水，搭在炉子上，刚过一会儿，就往锅里打鸡蛋了。我们几个小娃娃很惊奇地望着，不知道陈家奶奶做的是什么。看着陈家奶奶端着碗，津津有味地吃着，那种幸福的神情，深深留在我的脑海里。很长很长时间之后，到20世纪90年代初，考上大学的我，才像陈家奶奶一样，吃上了一直渴望的荷包蛋。

陈家奶奶寿命还是比较长的，去世时应该八十多岁了。她有两个儿子搬迁到了兴泉滩，老二住在村子的前头，老三住在村子中间，两家距离有一千多米。陈家奶奶经常从老二家走到老三家，或者从老三家走到老二家，有时，一天时间，老奶奶要走好几个来回。

由于在洄泉村是邻居，到兴泉滩后，陈家奶奶也经常来我家串门子聊天。那时，我们都在外工作了，回家比较少。陈家奶奶跟我母亲坐在院子里闲聊。夏天，我母亲会做上一顿凉面，让老人吃了，然后，再送她到她儿子家里。我听母亲说，后来，陈家奶奶年岁大了，有些老年痴呆的样子。有时,在我家,坐在台阶上好长时间,也不说一句话,有时眼睛睁着,有时会长时间地眯着。在兴泉滩上,陈家奶奶又生活了好多年。那些年她走在街上,她的孙子和孙女有说有笑地跟着她,其乐融融的。

陈家奶奶的儿子中,我比较熟悉的有四个。搬迁到兴泉滩上的陈老二和陈老三,那时,会经常在村子里相见。这两个陈家弟兄,种的地跟我们家的连在一起,有时会在地里锄草,有时也坐在地埂上休息,一块儿抽根烟。陈老四,就是当年在白银公司上了技校的那个,个头很高,在白银见过面。那时,我还在白银市税务局工作,好像是用他的车带过东西,捎给兴泉滩上的我大哥。再后来,十多年前吧,我在白银市国税局当领导,每年过年前,会把洄泉村子上的老乡们叫到一起吃饭。这时,陈老四已经退休了,他好像跟他老婆参加了一个退休人员的艺术团,每天都要去团里唱唱歌,散散心。

陈老五叫陈作雄,自1975年我们家搬迁到兴泉滩以后,基本上没见过面。前年,在兰州高新区我的办公室里,洄泉村的高老二领着一个高高大大的小伙子,给我介绍说这是陈老五的儿子,当时在嘉峪关开什么公司。我问起他的父亲,他儿子说身体还可以,就在白银的家里待着。

鲁占先

余家奶奶的东边，是鲁占先家的院子。

小时候，我们与鲁占先家来往比较少，主要原因就是他们家全是女孩子。鲁占先的爱人是马莲水村的，叫李贵英。

鲁占先好像念过几天书，在农村属于有文化的，最早当过兵，后来当过生产队会计。应该从1967年开始，景泰县石膏矿的产区就在洄泉村村北的龙山上。龙山离洄泉比较近，矿区经常放炮，震得村子上都有感觉。由于矿区在洄泉地盘上，石膏矿作为补偿，允许生产队的一辆马车在龙山拉运石膏到黄崖火车站，每年给生产队搞些副业。最初，在黄崖车站的站台上，洄泉村建了一个简易的房子，供洄泉村子上专门负责丈量石膏的会计人员在此住宿。

鲁占先因为上过几年学，会打算盘会记账，是村子上派去记账量方的。那时，在黄崖火车站生活，虽然比较困难，但与洄泉村相比，那里就很幸福了。加上属于管理人员，回到村子上还是有脸有面的，遇上红白喜事，这些记账量方的人都是在上席里就座。我们之所以与鲁占先熟悉，是因为我的外婆家在沙塘子，位于火车站对面的村庄里。我们经常从外婆家步行到黄崖火车站，坐上洄泉拉石膏的马

洄泉记忆

车回村子。

我们家与鲁占先家的娃娃们岁数差不多。所以,鲁占先和李贵英应该与我的父母岁数大致相同。

他们家的老大、老二、老三分别叫润月、香儿和喳子。小时候,农村小孩互相骂仗,就是直接骂你跟谁找对象了。我们三弟兄与鲁家三姐妹经常都是被骂在一起的,然后,被骂者起来反驳。后来长大了,我们跟鲁家婶婶开玩笑,她养了那么多姑娘,给我们郑家一个也没许配。

润月和香儿好像没念多少书,喳子念到了初中,跟我一起上的学。1975年,我们两家都搬迁到兴泉滩,我和喳子在火车站上学。后来,喳子没有继续上高中,就待在家里,不久就出嫁了。

记得我们上初一的时候,大约是春天,风很大,黄沙刮得满天都是,黄沉沉,昏暗暗。下午放学时,我和喳子到了车站的门市部,好像是卖给别人的一大盒火柴被遗忘在柜台上。我们俩就站在火柴旁边,顾客走完了也不见有人拿火柴。于是,我就一把拿过来压在书包下面,悄声对喳子说:"快走。"出了商店的门,我俩就开始跑起来,一直跑一直跑,在水渠旁边的深坑里,我们再也跑不动了,就坐在地上呼呼喘着粗气。歇了一会儿,我把十小盒火柴分开,给了喳子五盒,我给家里拿了五盒。

鲁家婶婶一共生了七个小孩,其中可能是老六抱养给别人,但就是没有一个男孩。那个时候,农村的传统思想非常严重,养儿防老的观念根深蒂固,人们都想着要生个男孩。在这种环境下,鲁家婶婶可以说受尽屈辱,内心深处的那种伤痛,说不尽也道不完。包括在鲁家那些渐渐长大的女孩子们，过早地背负了种种的不平等。她们有时候会恨自己，为什么自己是个女孩，而不是个男娃娃，可以让妈妈能够抬起头来，扬眉吐气地走在泂泉的大街小巷。

许多年以后，我在白银市税务局工作，跟嫁给张林友的润月是上下院的邻居。有一次，好像还有别的老乡在，一起在她家吃饭闲聊，润月依然有这种想法。可见，在这个家庭里，在这些女孩子的心里，家里缺个男孩是永远的痛，没有人能够认真地理解过这些。也许，到了今天，谁都能明白，养儿养女是男女双方的事儿。

鲁家爸爸个头很高，原先在黄崖火车站丈量石膏的工作，后来不知为什么他就不干了。在家的时候，鲁家爸爸白天也在生产队里干农活，抄地还有犁地，压砂或者锄草，但他总是皱着眉头，话儿不多，看起来极为严肃。也许，鲁家爸爸思想太封建了，他总是想要儿子，并且觉得生男生女，全是由女人决定的。因此，遇到不顺心时，他就大发脾气，对自己老婆下手，经常打李贵英。

那时，家里的孩子都小，鲁家爸爸一旦打鲁家婶婶李贵英，她们便放声痛哭，润月和香儿就跑到我家，喊我家大人去帮忙拉架。看见我爸、妈去鲁家了，我们兄弟也跑去，站在院子里看，大人小孩一起大哭，我们有时也会陪着流泪。后来，第七个姑娘出生了，名叫"全子"。当时好像送到县医院去生产，可能鲁家婶婶非常危险，她再也生不成小孩了。从此以后，鲁家婶婶再没有挨过打，家里也就风平浪静了。鲁家婶婶就此认了命，鲁家爸爸也渐渐地平静了下来。

应该是1975年前后，我们两家都搬迁到兴泉滩上。鲁家爸爸和鲁家婶婶和睦地生活着，宁静、祥和、快乐。

洄泉记忆

由于在洄泉村子就是邻居，到了新的地方，我们两家的关系仍然很融洽。每天劳作以后，我妈妈或者鲁家婶婶，都会相互去串门，一坐就是老半天。所以，要说关系最好的邻居，我认为鲁家是唯一的，是改变不了的。

我母亲年老的时候，她与鲁家婶婶来往最多，经常拄着拐杖，要去鲁家喧一会儿。有时，我或者二哥回到兴泉滩了，鲁家婶婶也会来我家坐坐，跟我们聊会儿天，很亲切，也很自然。

有一年，到了清明节，我们都去景泰上坟，到村子上知道鲁家爸爸去世了，我和二哥便去悼唁了。现在，鲁家婶婶还生活在兴泉滩上，慈祥安宁，与孩子们其乐融融。前些日子，我们从兰州回到了景泰，问李贵英婶婶在不在兴泉滩上。后来，我大哥出门打听，回来说她在家里。于是，我就从大哥家端了一小盆羊肉，去看李家婶婶。在她家坐了一会儿，她总是不让走，要多喧会呢。鲁家婶婶跟我妈妈同岁，今年84岁了，除了腰疼之外，看起来还是比较健康的，说话声音很大，和蔼可亲。

我想，虽然我的父亲和母亲都已去世多年，我们子女们甚为怀念，但怀念亲人的最好办法，就是去看看当年同父亲、母亲经常来往的人，给他们一些问候，也陪他们聊聊天。或者，什么也不用说，只是静静地、静静地看看他们，听听他们拉拉家常，说说话儿……

刘克敏

我奶奶家再往东面，就是刘克敏的家了。

他家的房子只是三间东房，坐东向西。刘克敏不是土生土长的洄泉人，说话好像是带有皋兰口音的。也不知道他是跟着谁来到洄泉，还是有什么亲戚在洄泉，是不是洄泉村的招女婿，从我记事起，他们就住在洄泉村的南端了。按照村子上的排行，我跟刘克敏是同辈，叫他姐夫，把他老婆鲁学英叫姐姐。

刘克敏个头很高，属于身强力壮型的，干起活来丁是丁、卯是卯，特别有劲头的那种。他说话声音比较大，从不拖泥带水，也不懂得含蓄或隐忍，张口就来，掷地有声。可能是他的这种直来直去的性格，村子上的人们不太适应，大家都叫他"刘傻"。

其实，我觉得刘克敏并不傻，干脆利落，雷厉风行，说一不二。这种个性容易让别人不服气，所以，讥讽者有之，不满者有之，贬低者更有之了。有时候，他在他家里说话，我们隔着奶奶家，都能听得一清二楚。

小时候，大人们吓唬小孩，总说"刘傻来了"，孩子马上停止了哭泣，再也不敢吵闹了。很长一段时间里，我也反复观察过刘哥，

洄泉记忆

除了说话声音大一些之外，再没有比别人特殊的地方。可能，对一个人的了解，需要更细致的观察，就像洄泉村里的许多人都认为刘克敏是傻子，但在大洄泉口上的邻居眼里，无论老少，没有一个人会觉得这个人有傻子劲儿。

洄泉村里，砂地比较多，每年的夏、秋两季，农民还是非常忙碌的。那个时候，遇到拔麦子，男壮劳力多，大家经常起哄要求"隔趟"。所谓"隔趟"，就是不分男女老少，每人拔数量一样的行数，比如四行，或者六行。拔在前面的人，不管别人的快慢，一路拔到头。再从对面按当天拔行的人员将行数下来，空开好多好多的麦行子，手快的人再往回拔。这样，等到拔的慢的人一趟一趟地赶，"隔趟"就隔得越来越多了，那些男性壮劳力可坐在地头上抽烟或者玩耍的，慢的人就永远没有休息的时间，汗流浃背，一趟接着一趟地拔。

我背着妹妹，走很远很远的路，找到田地里的妈妈给妹妹喂奶。妈妈坐在地上抱着妹妹吃奶，我就蹲在妈妈的麦行上，一把一把地拔着，一步一步地向前挪动。那个时候，我就认为"隔趟"的做法十分不合理，带有对人性的摧残。它没有区别对待，就是怎样对待男女，怎样对待强弱，怎样对待老少，这种貌似公平的方法，实际上是最大的不公平，最大的不公正。

说起"隔趟"，就不能不提到刘克敏了。那时，他人年轻，身体特别壮实，肌肉非常发达。只要别人提出"隔趟"，刘克敏就马上附和道："隔就隔，谁怕谁呀？"

一次，在井沟槽子拔麦子，时间好像就是八月，天气非常闷热，每个人都汗流不止。又有人提议"隔趟"时，刘克敏吼了一声，身体前倾，左右开弓，几步就到了前面。很快，张延义追了上来，他俩一前一后，轮番领头，手底下带起的砂土四处飞扬，人也掩埋在砂土之中，看不清个人影子。我一直在想，生产队队长到底有多大权力，应该说他能够阻止"隔趟"，但为什么这种不平等的措施能被经常使用呢？也许，这属于生产队队长的一种管理策略，通过你追我赶的方式，一方面能够加快收粮食的速度，另一方面可能是追求更大程度的公正与公平？

后来，有一段时间，刘克敏到邻村背过煤。那时，福禄水村有小煤窑。我见过刘大哥，早上很早就从家里吃完饭，骑着自行车，一路疾驰。有时，我们早上去拉甜水，路上能碰见刘大哥，嗖的一声，他就会越过我们，把风儿留在身后，把我们留在身后，早已远去了。

记得有一年冬天，我在刘大哥家里玩耍。黄昏时分，鲁学英姐姐做的糁饭，炒的肥肉片子，滋啦滋啦的声音听着就馋人。那天我才知道，只要家里有粮食，不是只有早上才能吃糁饭的，晚上也可以，就像刘克敏家里，晚上照样能响起滋啦滋啦的声音，照样能吃上糁饭……

我觉得刘大哥在泂泉村上没有吃过亏。他这种耿直的性格，加上力大无比，无论多累多苦的活儿，他照样能拿得下来，照样能做得合合适适。那时，我奶奶家如果没有人在家，她会喊上一声"刘克敏"。刘大哥边答应边跑步来到奶奶家，帮她家干活儿。

听师志刚哥哥说过，刘大哥在景电一期工程建设中，是生产队选送到黄河建设工地上的，他吃苦耐劳，奋勇争先。在草土围堰过程中，刘大哥连续三天三夜没有眨眼，一个人能背起近两百公斤的柴草，在景泰县民工团里创下了第一的纪录。

后来，刘大哥家也搬迁到了兴泉滩，当时，跟我家是一排房子。他家买了一台小彩电。那个时候，好像正在热播日本电视剧《血疑》。正好是夏天，村子上其他村民家里都还没有电视机，大家吃过饭，都来到刘大哥家的院子里，坐着小凳子，津津有味地欣赏着电视剧。

有时候，电视演完了，村民们继续在刘家院子里闲谝，有接着电视剧的情节说的，有说今年什么收成好的，也有说洄泉村子上某个老人过世了，商量哪天去帮忙，或者吊唁……

刘大哥用旱烟锅子装上烟，大拇指用劲儿一捏，再拿出火柴点燃，旱烟锅里以及刘大哥的嘴里，就开始冒出丝丝青烟。此时，他不说话，就是听大伙儿说，听那些未闻的新鲜事儿。在兴泉滩的时候，鲁学英好像是妇女队长，每天给妇女安排劳动任务。记得当时，生产队里有兰州和白银来的知识青年，也是由鲁学英负责管理。

后来，刘大哥因病去世了，鲁学英大姐还在兴泉滩上生活着。回家的时候，知道了鲁学英大姐信了佛，相信她能够平静地理解生活，理解早已过去的一切。

韩家

刘克敏大哥家再往东一些，是韩金山的家。

尽管离我家有一段路程，是比较远的邻居了。但因为他家有两个小孩跟我们熟悉，所以，走动得多，我也经常去他家玩耍。他的两个小孩，一个比我要大，叫韩长福，另一个叫韩长文，比我要小好几岁。

韩金山是四川人，从小因家庭生活困难，被迫出门跟上国民党的队伍，一路东奔西跑，只为混口饭吃。后来与部队失去了联系，四处乞讨，最后流落到洄泉村里。中华人民共和国建立之初，洄泉村的土地比较宽广，人口不是太多，加上这个村子上的人们语少话简，很少有拉扯是非的人，所以韩金山就定居了下来，从此踏踏实实干活，吃苦卖力，赢得洄泉人张林义老爹的好感，将自己的大姑娘嫁给了他。韩金山就以洄泉为家，感念着这个山村的山水和土地。很快，他就适应了本地的生产经营及生活方式。比如，赶着牲口犁地，在旱地里用手拔麦子，吃洄泉村里的浆水菜。

韩金山比他老婆大好多岁。我记事起，他就已经很老了，极少见到他在生产队里出过工。韩金山脾气不是太好，有时候，用很严

洄泉记忆

厉很粗暴的话骂他的儿子，很少能够停下来，除非见不到听不见了，他可能稍微好点，动怒的神情要持续好长一段时间。现在想起来，也许是韩金山少小离家，没有得到过什么温暖。就是后来在洄泉村，与他的老家相比，气候、景色和饮食等方面仍然差距很大，大约老韩心有不甘。

当时，洄泉村子里有两家四川人，一家是代绍山家，他是红军西路军流落战士；另一家就是韩金山家了，他无法提及当年替国民党打仗的事，因而，可能是心理上一直也不平衡，他很老的时候，在家里说过自己的感受："两个人都是出来混口饭吃的，我也不知道国民党是坏人，何况自己也找不到红军呀！"晚年的时候，我们看见韩金山，独自坐在大门的台子上，也没有抽烟，只远远地观望，一直在毫无目标地观望。

韩金山好像没回过四川，要么就去过一次。记得有一年，他四川老家那边的人，就是他的侄儿侄女来过洄泉。我们在韩金山的家里，见到了他的亲人，他心情当然好了。后来，韩金山去世了，他的老婆韩婆子拉扯几个孩子生活着。

韩婆子的娘家条件确实不错。张家的大儿子张林义在县水泥厂工作，还是一个领导；另一个儿子，叫张林书，开始在县上一个部门做饭，待遇应该也不错。我们班上的女同学张霞详，就是张林义的女儿。跟我们上学时，张霞详穿得好，特别洋气，属于比较有气质的姑娘。娘家条件好了，就容易帮助韩婆子拉娃娃。特别在韩婆子母亲在世的那些年，娘家人应该给予了韩家许许多多的帮助和爱。所以韩婆子不像别的寡妇拉娃娃的家庭那样，受到的困苦与艰难不是太多。

韩婆子性格豪爽，具有男人般的特点，干活泼辣，风风火火，把家里收拾的一是一、二是二，到处干干净净。每天，她都要到生产队出工，锄草和拔麦，拉粪与犁地，甚至是吆喝牲口拉车，她都不在话下。在大涧泉沟口，我见过韩婆子驾着牲口犁地的情景，"嗷嗷——啦啦"，那些平常看起来挺厉害的马儿，在她的手下，似乎特别乖顺。可以说，韩婆子的娘家在村子上条件很好，她大大咧咧，快人快语，没有人敢欺负她。

韩长福没有考上过什么学，是他舅舅张林义帮忙安排在县水泥厂的。大致时间，就是改革开放以后，韩长福在水泥厂里干了不少年，经济基础还是比较好的。听说他现在居住在县城，生活悠然自得。

韩长福比我要大一些，好像留级多，反正比我高一两级吧。韩长福个头高，腿很长，跑起来特别快。

韩长福有个特点，就是喜欢独占独得。每次我们放学一起去山里拾粪，路上走的时候，几个人都商量好，今天拾粪时不准吃独食，抢着拾，如果见到粪场子了大家都有份儿，不能一个人抢占。

粪场子，是指牛、马、驴和骆驼由于吃饱了，晚上在山川里趴卧在一起，反刍咀嚼，之后在地上留下很多粪便。

但只要韩长福在，无论事前怎么规定，他都是满口答应，但只要远远看见粪场了，韩长福便飞奔起来，边跑边喊："这个粪场子全是我的，别人谁拾就骂谁。"就是因为这一点，我们都不爱跟韩长福一起拾粪，但他每次都跟着我们。

韩长文没有这个毛病，人还是比较优雅的，个头较小，性格温和，我们倒喜欢跟他在一起。

在洄泉村的时候，我觉得有两个娃娃长得挺精神，皮肤白白净净，一个是韩长文，另一个是张延义的四儿子"四四"。每次见他俩时，我都会说将来这两个娃娃是有出息的，也在韩长福和张延满当面说过多次。当时，张延满还对我说："那我们就以后看看，这两个娃娃到底能干什么呢。"

能干什么呢？只要家庭平安了，身心健康了，就是最大的幸福，现在，我就是这样想的……

故乡的人，并不富裕，
但精神富足，
如同这片热土，
虽贫瘠却从不缺钙质。

第三辑 洄泉名人

一方水土养一方人。

有时，名人就是个人名，特别在故乡。

在故乡，名人就是那些有特点、让人难以忘记的长者。

故乡人，喝着同一泉水，生存在同一片土地上，讲着同样的乡音，但总有说不完的共同话题。冬日街巷暖阳下，夏日榆树影子里，避开春华秋实，季节会把一群人聚集在村头巷尾，关于名人的故事就成了大家共同的话题。

作为游子，心头常淤积着解不开的故乡情结，心底里总有抹不去的绵绵乡愁。离开故乡，每个人就成了高楼间的流浪者，成了霓虹灯下的漂泊者。故乡，一个婉约的词汇，一直锁定着往事云烟，也让梦回故乡的路畅通无阻。

是的，时光的年轮无情，一圈又一圈勾走人的年华。人生雪泥鸿爪，经不起岁月推敲。唯一能抗衡时间的就是怀旧。怀旧让梦降落到了初生的地方，那些久违而熟悉的人，所谓的名人就饱满了梦，让梦发芽成长。

在郑天敏的记忆里，洄泉的名人还没有老去，这些人在他老去的时光里年轻，耐得住一切风吹雨打，总浮现在他眼前，终成了脑海里倒不完的带子……

洄泉记忆

车家奶奶

车家奶奶是她嫁给车世州以后，洄泉人后来对她的称呼。

车家离洄泉学校不远，东边靠近小山包的地方，房子不是太多，只有三间上房，东边有两间厨房。车家奶奶是中泉公社腰水子村那边陈家的姑娘，嫁到了车家，洄泉人就再也没有关注过她姓什么，叫什么名字。说起来，就一概是车家婶婶或者是车家奶奶。她长得很富态，皮肤白白净净，举止端庄典雅，很有大家闺秀的风范。

车家奶奶没有生养过，身材保养得很好。她之所以嫁给车家人，那是因为车世州出身贫寒，是生产队的队长，后来还当过贫下中农协会的会长。车世州个子很高，说话声音极其洪亮，且说出的话不容更改，可能这一点也是长期当领导所致。因为车家爷爷家是洄泉村的穷苦人家，在土地改革的时代背景下，他能够成为洄泉村的主要力量，也能够成为公社、县上时时关注的积极分子。车家爷爷穷得叮当响，所以，他说话别的穷人肯定愿意听，并且大伙儿都按照车家爷爷的思路，专心丈量土地、核算家产、确定成分，工作干得确实是得心应手。

车世州到底是什么时候娶了这位陈家女子的？谁也说不清楚，

有可能就是刚刚解放的1949年前后。车家奶奶是何时进了洄泉村的，应该说已经不重要了，这就像洄泉村里的一条沟，或者向阳处的一簇冰草一样，朝朝暮暮，风风雨雨，已经成为洄泉的一部分，同洄泉融为一体。从车家奶奶嫁给车世州的那天起，她已下决心改变与保护自己。像洄泉涝坝里飘浮的一叶草芥，某一天，轻轻地来，也会轻轻地走，随时光可以起伏。也许，洄泉村里的人，并不知道车家奶奶来自何处，但她谜一样的身份，永远会惹得人们好奇、联想和猜测……

　　车家奶奶流落到洄泉，嫁给一个农民，是她唯一的选择，也是正确的归途。有可能，很早很早的时候，这姓陈的女子便离家远行，经历了很多的酸甜苦辣。在那个年代，人们生活得极其艰难，很可能是这位陈姓女子不愿待在家里为柴米发愁，所以远离贫穷的故土也是迫于生计。到了洄泉以后，车家奶奶的日子是安定的，没有经过任何的风雨，因为她嫁的人是贫下中农。这儿，的确让她尝出了幸福的滋味，每天早起晚睡，谝闲聊天，也算是山沟里的一种诗意吧。

　　最主要的是，车家奶奶选择这样一种归宿从而最大限度地保护了自己。也有可能，车家奶奶曾想为自己选择家庭条件好一些，免得在以后的日子受苦受累的人家。但是，这种选择会让麻烦一直伴随这位陈家女子。在当时的那种环境下，肯定要让车家奶奶交代以前的历史，曾经的曾经，也就是让受过屈辱的她，再一次经受在伤口撒盐的痛楚。尽管自己走过的路不是太平顺，但现在车家奶奶可以挺起腰杆，能够让外人不再揭起她身心上的痛楚。这就是她选择了车家，选择了贫苦的原因。

洄泉记忆

当然，没什么文化的车世州，也没有深究过这位花枝一样漂亮动人的夫人的过往，更重要的是，车世州就是车家奶奶的守护神。最后的选择，是车家奶奶自己的决定，她愿意用后半生，来维护一种平静与高洁。

师志刚的母亲，我一直叫嬷嬷，她也姓陈，是中泉公社腰水子村的。车家奶奶比我嬷嬷大一辈。所以，车家奶奶我还是比较熟悉的。父辈们叫她车家婶婶，我们小辈就叫她车家奶奶。

在洄泉村里，我们姓郑的只有一家。属于单门独户，串门走亲戚的时候，都没有更多能去的地方。每当到了春节或者五月端午，除了去趟我师家大大家，再就没有别处可去了。跟上师家嬷嬷，我们家也一直把车家奶奶当成亲戚走动。逢年过节，妈妈会领着我们兄弟姐妹，去车家看望她老人家。车家奶奶总是很热情，看上去极为高兴，非得要吃完饭之后才肯让我们走。在那个年代，每年春节，车家奶奶都要给我们兄妹过年的压岁钱。在乡下，在贫瘠的洄泉，这种幸福在我童年的记忆里，是唯一且永远的。

遇到周末，我、我二哥和师志凡都会拉起架子车，到井沟梁上的甜水井去给车家奶奶拉甜水。每次拉水时，我肯定是下到最底处的，用铁马勺给木桶里舀满水，再拉几下吊桶的绳子，将可以吊水桶的消息传递给他俩。过一两个月，我们三个人放学后，就会背起背篼，拿上镢头，去山里给车家奶奶家拾粪或者挖柴，就像给自己家里干活一样，没有丝毫的不情愿。每次做完后，车家奶奶都非常感激，一定要拿出馍馍让我们吃。

到现在，我一直记着，最好吃的是车家奶奶烙的玉米面饼子，软硬适中,味道特别香,越嚼越甜。后来,跟师志凡回忆起这段往事,他也觉得那时就像给自己家干活一样,没有故意表现,很真诚,很实在。

当时我的年纪太小,不知道车家奶奶曾经经历了什么。如果有人试着走进她的内心深处,探访她的过往,也许,车家奶奶会舒展自己的心迹,回味在青海或四川的那一段时光,反思自己的行为,从而能够释怀,真正忘却那难以回首的曾经。

在 1980 年左右,车家奶奶因病去世了。那时,我们已经搬迁到了兴泉滩,加上又在外地上高中,也没有能够参加她的葬礼。

妈妈跟我大哥、二哥还有妹妹去洄泉送了她最后一程,流了不少的眼泪。说不清是车家爷爷先走的还是车家奶奶先走的,不管怎样,我们都会怀念的。真的,一直都会。特别是车家奶奶因为师家嬷嬷而成为我们的亲戚,我们小孩子们都真真切切地爱她,这是发自心底的爱……

李红旗

李红旗说话,与来洄泉村用猪毛换颜色的秦安货郎担相比,口音、音量、音调和力度完全一致。因此,洄泉人都认为,李红旗的老家就是天水秦安一带的。

老人们讲,最初李红旗也是一个货郎担,挑着针头线脑和各种颜色,起早贪黑,走村串巷,勉强维持温饱。有可能在定居洄泉村之前,李红旗就在甘肃和青海境内充当着一个货郎担的角色,这也是谋生的手段。

到底李红旗是哪一年在洄泉村定居的?按照他自己的说法,是民国十八年出现大灾荒的时候,也就是1929年。这一时期,洄泉村的条件还是比较好的,由于山区土地比较多,加之连续几年风调雨顺,大伙儿吃饭不成问题。

从清末开始,洄泉的左岔、右岔和野狐岘等沟地,都在大面积地种植鸦片。夏天,站在山顶眺望,那些红的花、粉的花和白的花,竞相绽放,姹紫嫣红。到民国初年,洄泉村共种植大烟3670余亩。那时候,漫山遍野到处都是人,有看鸦片长势情况的东家,也有在田里锄草的佃农,还有些小孩子们穿梭在田间与地头。

那时，洄泉村的名气是比较大的。周边的人都称它"小北京"，特别是做生意的商客，对这儿更是非常熟悉。在原来的洄泉堡子里，已经有了商号，用石子儿铺的路面上，人声喧嚣，车水马龙。

很可能在1949年前的几年时间里，李红旗就穿行在洄泉的大街小巷里。他是秦安人，很有商业头脑，知道货物存储、运输、流通和结算的规则与商机，即便离开了老家，离开了家里的大人们，但李红旗依然能维持生计，并且比一般的人日子过得要好很多。1949年，全国解放了，首先要解决土地问题，于是，李红旗选择留了下来，再不去流浪，用洄泉山沟里比较肥沃的土地养活他一个孤汉子。

最初李红旗一个人过得很滋润，有土地有粮食，有居所有邻居，他与洄泉村上的任何一个人都一样，不论春夏秋冬，坦然处之。

除了每天必须要做的事儿，也就是维持基本生计之外，闲下来的时候，他可能会到说书的地方去听书，也有可能是跟了个懂书、说书的师傅，所以，李红旗对说书并不陌生。日子久了，徒弟也能出师。1953年实行土地改革后，公社将鹦鹉村、大拉牌村和福禄水村的地主们全部集中在一起，由李红旗监督他们进行劳动改造。其中鹦鹉村一位姓达的地主，看过的闲书多，自然会给李红旗说书给予极大帮助。

我们上学的时候，李红旗正在洄泉村子上说书，且一本又一本，一套又一套，没有重复的内容，精彩纷呈，流传甚广。李红旗脑筋非常好，记忆力极强，把《三国演义》《红楼梦》《水浒传》《世说新语》《隋唐演义》等书全部装进了脑子里。我想，李红旗要说书，说书就得有观众来听，洄泉村的人正好尊重知识、崇尚文化，这就变成了说书与听书的良性互动。

李红旗的秦安方言，极大地丰富了他的表演。在土地改革时期，他跟泂泉村的村民一样，每天都在核实土地亩数的第一线。劳动休息之余，村民都鼓动李红旗说书，他就清清嗓子，张口便是故事。村民们就是不知道，李红旗肚子里的这些书呀、话呀是从哪儿学来的。小时候他去了哪里？在有些看书的人眼里，李红旗属于真才实学。我问过村子上最有文化的师志刚，据他回忆，1967年高中毕业后，他在泂泉村上多次听过李红旗说书，跟他看过的《红楼梦》《水浒传》以及《世说新语》书上所描写的大致一样。

2019年春天，我跟师志刚大哥聊天。他回忆说，李红旗确实不是一般人，具有超强的记忆能力和创新能力，语言很丰富，是个说书的料子。

在泂泉村，李红旗是一个很有写头的人物。正是因为泂泉，把博大的爱给予他，收留了这个从小就失去父母的秦安小伙，让他在风雨交加中有自己宁静的一隅。落脚泂泉几十年后，他在20世纪60年代初，曾专门到秦安寻亲寻根。李红旗此时生活安定，子女有成，回老家就是想再瞅一瞅生养他的故土。

在秦安老家，李红旗得知自己的小叔叔因为家庭困难，1949年前去了新疆，现在生活已经很安定，从此他就了却了所有的牵挂，安静地在泂泉生活着。

20世纪80年代，李红旗生病了，患的好像是喉癌。可能疼痛实在难忍，李红旗见人就说："你给我一片去疼片，我给你说一晚上的书。"其情其景，让人难受，令人动容。

陈增俊

陈增俊，是皋兰县陈家坡人。大约在1950年，他跟着县上慰问团在景泰县石膏矿主产区的洄泉村进行慰问演出。最后，因为他和鲁家二姑娘兰娃恋爱了，便留在洄泉村子上。

陈增俊与李红旗是挑担，李红旗的老婆是鲁家大姑娘。

陈增俊也是一个孤儿。他从小跟着个戏班子走南闯北，高歌低吟。有时候，是到条件好一些的地方去，戏班子按照分工，进行各种演出活动。有时候，是到村民家里，因为家中有老人去世，也要进行"哭丧"。无论是哪种形式的演出，戏班子会根据每家需求的不同，进行吟唱和演奏。陈增俊没有文化，不识字，更不识谱，但丝毫不影响他在表演上的执着与造诣。

在戏班子里，陈增俊是一个多面手。只要有演出，他就会拉响二胡或者板胡，气势和氛围即刻营造出来。有时，陈增俊也会当起导演，对演戏的人员进行辅导和培训，让他们能尽快进入角色。陈增俊心直口快，有什么说什么，从不指东说西，他最大的心愿就是吹拉弹唱，凡与二胡和板胡无关的事儿，他不是假不懂，是真的不懂。

景泰县解放后，洄泉村就开始进行土地革命，对全村的土地进一步核实和确认，掌握最基础的数据，为土地改革打下坚实的基础。这一时期，村子上非常热闹，每个村民心里都十分甜蜜，因为他们将要分到属于自己的土地，可以自由地在自家地盘上耕耘和收获，别提有多高兴了。村子上的土地改革热火朝天，景泰县石膏矿的主产区生产形势也一片大好。来自皋兰县的石膏队也是在景泰的主产区参加生产，产量突飞猛进。陈增俊作为皋兰县石洞公社慰问团的一员，正值青春年华，这次来洞泉跟别的地方不一样，从八月十五中秋节开始，持续演出了两个月，同时也促成了一个爱情种子的孕育。

在洞泉村，鲁延位家是一户中等条件的人家。老鲁生了三个姑娘，没有生下儿子。由于受"不孝有三，无后为大"传统思想的影响，鲁延位在村子里基本上是一个抬不起头的人。尽管洞泉村能够包容所有的事物，也没有给过鲁延位多大的压力，但最关键的还是个人心理。鲁延位一直在想，若是能生个儿子，就可以继承他在洞泉的一切，哪怕仅仅是土房三间。但是，一天又一天，一年又一年，最终以老婆生了三个姑娘而终了，鲁延位只能闷闷不乐。

也许，鲁延位觉得他比不上洞泉村里的任何一个人，似乎没有了依靠与寄托，也只有把姑娘嫁到自己每天能看见的地方，才算是一种消除孤独的法子吧。从这个角度出发，鲁延位就把三个姑娘中的两个分别嫁给了外地来洞泉村的孤儿李红旗和陈增俊。

村子上的人都把鲁延位叫"尕日鬼"，是因为他有心机。一般来说，别人想不到的事情，鲁延位却能想到；别人做不了的事情，鲁延位就可以做到。村子上的老人们说，鲁延位跟鲁保长是亲房。洞泉村进行大面积铺压砂地时，他兄弟俩在一起干活。有一天，开始吃午饭了，鲁延位把自己拿的饭菜早早吃了，然后他就蹲在哥哥鲁保长前假装哭鼻子，说家里带的饭路上丢了，肚子很饿，特别难受。鲁保长也不忍心不管他，便分给了他一些。此时，"尕日鬼"又偷偷笑了。所以说，陈增俊能把"尕日鬼"的姑娘娶了，也说明了这个皋兰人的脑筋有多灵光，肯定说了许多好话，得到了"尕日鬼"的认可。

我想，能把两个姑娘都嫁给外来人，而且还是两个有本事的人，可见鲁延位很有眼光，与其外号名副其实。

陈增俊有天赋，他对板胡和二胡的演奏炉火纯青。只要能唱出来，陈增俊听上几遍，马上就能拉出这首歌的旋律。最让人钦佩的是，陈增俊能掌握其中的节奏，抑扬顿挫，有起有伏，前后呼应，荡气回肠。

到了1967年，师志刚从景泰一中毕业后回到洄泉，他与陈增俊经常在一起切磋技艺。陈增俊在师志刚的教育引导下，很快就学会了识谱，使他在文艺领域的道路更加宽阔。

20世纪70年代，景泰县连年干旱，洄泉村一带是重灾区。当时，陈增俊和师志刚两人，拿着二胡、板胡和笛子，先后到武威、永昌和天祝等地，通过卖艺换取粮食。每走到一个村子，他们就选择一处比较平坦的地方，开始进行表演。随着板胡的演奏，婉转的笛声也响起来，两者配合紧密，接转顺畅有序，听者众多。最后，两人背着口袋，从东家进再从西家出，一会儿就能讨到一袋子面粉。

那些年，我见陈增俊，主要是每年年底，大队里要举行文艺排练时。陈增俊是宣传队的导演和伴奏，既要组织农民进行排练，又要运用二胡配合，将一个故事或者一个场景进行深层次演绎，让笑容更美丽，让哭声更透彻，让思想更振奋。

洄泉记忆

记得有一年，洄泉学校也要组织节目，我们班上排练舞蹈《六个老汉运肥忙》。陈增俊是我们的指导老师，手拿烟锅的姿势，用毛巾擦汗的神态，他一遍一遍教着我们。那时我们就觉得，陈增俊很伟大，像一个指挥家一样。

试想一下，如果大队里没有陈增俊这个人，洄泉村的群众文艺工作真的很难提高。我觉得，陈增俊把文艺和文化带给了洄泉村，让这个大山里的村子开始有了不一样的追求，极大地丰富了村民的精神生活。

陈增俊最厉害的，并不是拉二胡或者板胡，而是他会制作二胡，这在那个年代，简直就是个奇迹。

当时，人们只能拿钱到国营商店去购买二胡。20世纪70年代前后，洄泉村由于连年干旱，人们的生活极其困难，生产队根本无钱购买音乐器材。为了更好地开展宣传工作，努力建设农村文化阵地，陈增俊决定在洄泉村进行二胡制作。他不知从哪里找来了木料，人工慢慢去刨平，那些琴杆、琴托和琴筒渐渐显得光滑圆润。陈增俊经常在生产队的饲养圈里穿梭，目的是收集马鬃，用来制作二胡琴弓的弦。

陈增俊成功了。

陈增俊确实是个天才，尤其在对音乐的不懈追逐上，他熟练地掌握与调控了音乐元素，手指一动，妙音立马就向四周飘荡……

李福

从我记事起，李福就是洄泉村第一生产队的五保户，住在生产队的饲养圈里。他比较瘦，没有在田里劳动过，很少经受太阳暴晒，所以皮肤白皙。

李福老汉的原籍在哪，是从哪儿来到洄泉的，他曾经做过什么工作，或者说他原来的职业是什么，几乎没有人能说得清。这在洄泉村里是一个秘密，像我们家的爷爷奶奶说不清，爸爸妈妈也说不清，我们自己就更说不清了。

村子上有人说，李福原籍可能是兰州的，以前曾在东北什么地方当过国民党的兵。又不知什么原因，李福后来可能在兰州劳改过。因为在中华人民共和国成立初期，有从兰州过来要去包头贩盐的商贩，夜宿洄泉堡子，看见了李福，便偷偷告诉了洄泉村子上的人。但这些都没有确凿的证据，村子上更不知道事情的来龙去脉。比如说李福原籍是兰州人，但从他话语中，根本听不出任何兰州口音。所以，对李福的过往，洄泉人觉得没有必要深究，挖清楚了又能怎样？

洄泉村的村民真的特别博爱，都能以宽厚、包容和善良接受来自外界的一切。特别在1949年前后，一批又一批的商人、货郎和孤

洄泉记忆

儿来到洄泉，洄泉接纳了他们，给了他们口粮，给了他们几亩土地，给了他们最温暖的家园。

李福没有老婆，没有后人，在洄泉村子上孤零零地一个人生活。正如他自己说的："赤条条来去无牵挂。"

平时，李福老汉两手背在身后，慢悠悠地走着，从东边走到西边，再由南边走到北边。听见风儿刮过来，他会静静地站在原地，目送风儿去了远方，再慢腾腾地朝前或朝后走去。那时候，李福老汉吃住都在饲养圈，想不起来是谁给他做饭。我们上小学时，李福老汉大约有七十多岁了，他有时也会来学校转转。

学生们上课的时候，李福老汉会坐在操场边的那块大石头上，听着朗朗的读书声，嘴角会慢慢翘起来。有时候，他会轻轻起身往西走去，那儿便是洄泉堡子。李福老汉会蹲在城墙角下，看着一地的沧桑，不说一句话。也许，他想到了从前在东北的日子，想到了自己的伙伴以及曾经的种种美好。

我们小的时候，社火是农村极重要的并且也是唯一的文化娱乐活动。从正月初六开始，社火就在村上耍起来了。耍社火的队伍里，有打鼓的，有顶灯笼的，有扭秧歌的，大多是年轻人；有唱小曲子的，大人们主唱，小孩子们随声附和；有耍旱船的、耍狮子的……虽然社火仅仅是春节期间才会耍的，但它就是农村人的快乐，凝聚了全村上上下下的心，如同高高升起的月亮般静谧，却一直照耀着大地。任何时候，我们这些小娃娃，都特别希望春节能快点到来，我们就想穿新衣，看社火，找快乐……

说起洄泉村上的社火，必须要提到李福。这位孤零零的老人，不可能每场社火都能去看，但这些红红火火的农村艺术，离不开李福。

"春风吹又停，山花根要生，一唱到十五，播种记心中；春风吹又停，野草茎要生，离开阳洼地，土壤何处寻；春风吹又停，善良心里生，倘若心胸大，没愁也没恨；春风吹又停，喜悦天天生；你笑我哈哈，叶在一根藤。"这就是李福老人编写的《劝你别生气》，从中可以看出他和善宽容的本性。现在想起来还是非常后悔，那时，应该把李福老汉每年编写的这些唱词都记录下来，这就是对洄泉文化的一种传承与延续。

那时候，每年社火队所唱的小曲子全部出自李福老汉之手。到了腊月，村上排练社火的人们会派专人到饲养圈去找李福老汉，请他给唱小曲子的编写些歌词。李福老汉是个高人，每年编写的歌词都不一样，简洁好记且朗朗上口。

有个别条件好一些的人家，遇到社火队在村子上串游时，会邀请社火队去家里现场表演。李福老汉能在极短时间内出口成章，如这家是军人家庭，他就会编写："三八线，打一仗，鬼子们呀吃了惊。死的死，逃的逃，好像群群蚂蚁虫……"实际上是在赞美这家的年轻人英勇顽强、保家卫国的高贵品质。

李福老汉快90岁才去世的。这在洄泉村里也算是长寿了。

王崇山

洄泉村的人,都把王崇山叫作冯淌老汉。可能是他原来住的地方就叫冯淌吧。

王崇山之所以是洄泉名人,主要原因是他为人正直憨厚,做事又老实低调,敢于主持公道,肯为百姓做主。此外,王崇山常常为村里老百姓勘察墓地,为生者孝,也为死者尊。

王崇山有两个儿子,两个姑娘。大儿子是王登位,上过几年学,初中没毕业,因为挨饿被迫退学,也是洄泉村里比较令人遗憾的事情。王登位的爱人是台子圈张家姑娘。我记得自己还没上学的时候,王登位的爱人就有病了。她发病时说话,不是洄泉口音,而是普通话,不太标准,却滔滔不绝。不知道为什么,王登位有时候也像他老婆一样,用近似普通话不停地说着什么。那时,我们不知道到底是王登位有病,还是他老婆有病。在不犯病时,他老婆对人很热情,属于比较大气的人,把馍馍等食物都能端出来,让别人放开肚子吃。王崇山的另一个儿子一直在放羊,跟村里人接触较少,话也不是太多。嫁到大拉牌的似乎是大姑娘,我和妈妈在他们家吃过饭。小姑娘比我大一岁,小名叫琪兰,上学的时候经常见,比较泼辣,后来在张掖工作和生活。

那个时候，我就发现王崇山老人走东家串西家，东家说说好，西家言言善，主要是解决邻里纠纷。与和稀泥抹光墙不同，王崇山能够秉持公道，不是迎合与奉承，他可以把别人的好或者不好，一直不停地说下去，并且要让你心服口服。由于经常与村民在一起谈心交心，头发长了毛短了，袜子深了鞋浅了，每家每户家里有什么难处，每个人的性格特点，王崇山老人都了解得一清二楚。

让洄泉村子上的每家人都能和和气气地相聚，平平安安地相处，日复一日地相守，这就是王崇山的最大心愿。

以前，家里兄弟多的，结婚成家后都要分家单过。当时，分家是好多家庭必须要面对的现实。因为物质本身就很匮乏，所以分家的公平与公正就显得格外重要。毫不夸张地说，洄泉村里的人家要分家，绝大多数都离不开王崇山老人。村子上的人们都说，冯淌老汉很公平，遇事能说出个一二三来。

洄泉村子里，几乎家家户户都有菜园子，都在家的附近。由于洄泉村全是旱地，所以菜园子没有灌溉的水源，只能依靠春天、夏天和秋天下的雨水。

在洄泉村里，公认的菜园子种得最好的有两家人，一家就是王崇山家，另一家是张相孔家。尽管都是依靠老天下的雨水，但这两家的菜园子就是不一样，长势、成色都比别人家的要好许多。其实，现在想起来，才明白这就是经营方式与管理水平不同。每年到了六七月份，王崇山和张相孔家的菜园子里，水萝卜水灵水灵的，咬上一口，那个香甜的味儿一直留在齿间。到了八九月份，在两家的菜园子里，西红柿长得红彤彤的，让人一看见就想吃上几口。刚上小学时，我

洄泉记忆

和代元信、张延满路过王崇山家门口,看见那个水萝卜长得太好了,正准备进去偷,王崇山的老伴从大门走了出来,可能看见了我们那渴望的眼神,她立马给我们拔了几棵,一点儿也不吝啬。

王崇山最令人敬佩的地方,就是没有任何架子,把别人的事情当成自己的事儿来办。不论谁的家里有了矛盾,还是需要分家单过,甚至家里老人去世,只要王崇山知道了,他都会忙前忙后,且不要任何报酬。最多就是事情办完了,在当事人家里吃顿饭,不管荤素,只要能填饱肚子就行了,这也是王崇山老人办事的底线。

在洄泉村子里,任何一个人,只要提起王崇山,没有不称赞的。我记得,我奶奶的最后一程,就是王崇山老人送走的。

为了给奶奶找到一块好的墓地,王崇山花了两天时间,每天早上,他就领着我的大爸张忠彩,带上几个馒头,开始出发了,翻越一座又一座的山,跨过一条又一条的沟,直到天黑才回来。

到了七十多岁的时候,老人就再也没有出过门,没有上过山,也没有再帮村民们选过墓地。因为身体条件已经不允许了,王崇山老人只是站在自己家的门口,远远地望着大洄泉沟和楚家沟,一句话也不说。那时,我刚调到白银市国税局工作,在他去世前的十几天专程去看望了他。他去世后,我和王永堂也特地去悼唁了这位老人。

张相孔

张相孔属于泂泉村第二生产队。

张相孔的家在村子的中间,东边和北边是不太高的小山。屋子在小山包围之下,显得很气派。以前在泂泉村的时候,我们是第一生产队的,跟张相孔大爷不是一个队的,接触不是太多。他长得比较威严,长长的白胡子把嘴盖得严严实实的,只有开口说话了,人们才能看见张相孔大爷的牙齿和嘴唇。

张相孔大爷家的右边,是一个很大且高一些的台子,与前面的泂泉老堡子相连,比其他地方要略高些。

第一生产队的饲养圈就建在这个台子上。那时候,我跟代元信有一个习惯,那就是偷粪。放学以后,背着背篼去山里拾粪,无论去的地方远近,按理说都能拾好多的,但是,我们是娃娃,玩耍是最主要的。有时一玩起来就把什么事情都忘记了,当然包括给家里拾粪。如果玩迟了,我们就索性再迟一些,一方面,可以玩得更加尽性;另一方面,有利于下一步的工作,那便是偷粪了。等到天黑以后,我和"老憎"代元信把背篼放在饲养圈外,拿着小筐子,从圈墙的水洞眼爬进去,弄满一筐爬出来,倒在各自的背篼里。一次又一次的爬进爬出，用不了多长时间，背笼就装满了。一般来讲，每次偷粪时我们都比较贪心，背笼会装得高高的，然后心满意足地回家。

正是因为我们生产一队饲养圈距离张相孔大爷家比较近，所以，我们也就特意关注过他家以及他家的周围。在尽情玩耍之后，我和代元信把背笼藏在沙坑后，便在饲养圈的四周开始活动。有时候，也会跑到张相孔大爷家旁边的小山上，站着能看清他家的院子。院子里一直有人在走动，除了张相孔大爷之外，他的老婆以及他的老妈，时不时从西房到东房，或者由东房进西房。

洄泉村上的人，都把张相孔大爷叫作"相孔爷"。不知是从谁那儿叫起的，我也说不准。远远俯瞰下去，相孔爷家的院子非常干净整洁。在大门口的左侧，是相孔爷劈好的柴，码放得整齐划一。大门的右侧，就是相孔爷家的菜园子。园子的南面和西面，有几棵高大的榆树和沙枣树。相孔爷的大儿子张玉武比我小几岁，小名叫满子。他家榆树上的榆钱儿成熟的时候，张玉武爬到树上，用竹竿往下打，我们站在园子外面，也能捡好多。

相孔爷很是勤劳，除了在生产队里干活外，早晨或晚上，他都会在家里忙里忙外。前面几个生的是姑娘，可能是因为想要生儿子，等有了大儿子满子时，相孔爷的岁数已经比较大了。那时，我们去拉水，不论是井里的甜水，还是涝坝里的咸水，都要经过相孔爷家的门口。所以，经常能见到劈柴的相孔爷，他抡起锋利的斧头，一斧接着一斧，一根顺着一根。那长长的白胡子在夕阳的映衬下非常潇洒。有时候，相孔爷就在菜园子里忙活着，拔草、施肥、松土……麻雀在园子里扑棱，也会停在某一棵菜的枝上，摆出个姿势，然后，"啁啾——嗰啾"地飞远了。

路过张家门口的大人们,会停下来跟相孔爷打声招呼、拉拉家常。有人看到他用斧头劈柴,劝他慢一点,认为他已经老了。但我们小孩子都知道相孔爷常挂在嘴边的话:"我一点儿都不老,还小呢,我的老妈还在呢,我只是个娃娃呀!"

相孔爷在生产队当过队长,他说话语气重,嗓门大音量高,并且有不容置疑的权威性。即便在家里,他说话一样硬气,包括喊叫满子时,同样高声大嗓。那时候,村上有了红白喜事,大家都会去帮忙。而每家的事情上最不能缺少的人物就是相孔爷了。在丧事上,相孔爷会根据每家的具体情况,将凡事都安排得井井有条,环环相扣。比如逝者在家停放几天,有了风水先生的掐算,最主要还得看相孔爷这个"大东"的安排。

可能是在我们搬迁到兴泉滩以后相孔爷才去世的。现在,相孔爷的老伴还健在,算是洄泉村里比较高寿的人了。

洄泉记忆

邢家老汉

邢家老汉名叫邢元，祖籍宁夏回族自治区贺兰县。

当时，因为国民党来家里抓兵，邢元被迫爬上屋顶从后墙上溜下，逃离了贺兰县。他去过内蒙古包头，后来拉骆驼驮盐混饭吃，一路到过西宁和兰州。

有一年，从包头跟着驼队来到景泰县五佛寺，也就是黄河边的沿寺，休息了几天，又从五佛驮上皮货赶往兰州。途中，因为路远，邢元在景泰的洄泉住了一晚。再后来，邢家老汉又一次来到洄泉，这一次不是借宿，而是觉得这里土地宽广，民风淳朴，能够接纳和包容外地人，于是，他就在洄泉村里起早贪黑，辛勤劳作，渐渐地将自己变成了洄泉人。

在洄泉村子上，我跟邢家老汉关系最好。从洄泉村搬迁到了兴泉滩，邢家老汉在下院，我家在上院，成了真正的邻居。当时，两家刚从老家搬过来，没有院墙，可以随时走动。到了吃饭的时候，我们都端着碗，坐在他家或者我家的台子上，一边吃着饭，一边说着闲话，真是其乐融融。可能是邻居，所以，邢家老汉也会经常来我家坐坐，跟我能聊得来，还会给我讲一些他以前听过的古书。

到了暑假，生产队里就要把学生娃娃集中起来，大多是在收割完小麦的地里捡拾麦穗，也有极个别的会帮着大人们放驴放马。每次暑假来临前，邢家老汉都会跑到生产队队长家里，要求必须把我安排到队里的菜园子，跟着他老人家一起照看菜园。

照看菜园子时，我都在家里吃饭，吃完后用罐子给邢家老汉提来。他在菜园子里吃，吃完了我就顺手把碗筷洗干净。晚上，我们俩睡在菜园子里，躺在土坑上，邢家老汉会讲过去的故事。他的兴致非常高，从宁夏讲到包头，从包头讲到兰州，从兰州再讲到景泰，一直讲到很晚。我是娃娃，瞌睡多一些，好些时候我都睡着了，邢家老汉还在滔滔不绝地讲述着。

邢家老汉到了洄泉，并且能落户成家，关键还是因为洄泉是一个博大、包容和开放的地方。特别从清末到民国初年，宽广的土地上雨水充足，使洄泉村种植的鸦片多年高产，来来往往的商人特别多。到了中华人民共和国成立前夕，一些在大城市见过世面的人物，包括一些小商小贩都觉得洄泉是个好地方。

那个年代，洄泉远离兰州、包头和银川，又跟县城宽沟、芦塘有好长一段距离，相对比较安全。即使遇到兵荒马乱，波及此地还得一段时间，能够进退自如，可以确保家人和财产安全。加上洄泉这个地方民风淳朴，人们比较憨厚老实，对外来人员都很尊重，没有排外思想，邢家老汉在洄泉站住脚以后，娶了老婆生了孩子，耕耘着洄泉的土地，养育着自己的后人。

邢家老汉生育了好多个孩子，儿子有四个，女儿可能也有三四个。当年，跟随邢家老汉搬迁到兴泉滩的是老大邢得福，人老实，肯干活，能下苦。尤其在每天劳动结束之后，邢得福回家总要捡拾些柴草，村上的人都夸他顾家。

邢家老汉的二儿子叫邢得禄，上过几天学，在生产队当过会计或者保管。三儿子叫邢得祯，高中毕业后到部队上当兵去了。小儿子也是四儿子，就是邢得才，也叫"老绷"，跟我是小学同学，比较要好。

我跟邢家老汉的小儿子邢得才关系一直不错。还是在上小学时，我在邢得才家也住宿过。在他家住宿的时候，大多是冬天，屋子里很暖和，特别是邢得才的妈妈把炕烧得很热。屋里多是我们两人，有时还有代元信。睡觉时，我们脱得精光，钻进热炕上的被窝里，很是舒服。

在泗泉，邢家老汉是赶马车的，生产队拉供应粮和送农家肥料都靠马车。我的姥姥家在沙塘子，我一个人坐过一次邢家老汉的车。那时，我大概就是十来岁，坐在车上，我很兴奋地到处张望着。邢家老汉跟我也不说话，他只是"嘚儿——嘚儿"吆喝着牲口，有时候会甩响鞭子，声音非常清脆。

有一次，生产队里研究如何加强财务管理，提出只要花费超过2元的，都要经过队里的会议研究讨论。领导们都同意了，在社员大会上进行公布，要求生产队必须执行。邢家老汉在会上提出，他赶着马车拉石膏，走到半路上，马车的挂木（相当于刹车器械）绳断了，他是把车停在原地，跑回泗泉村给生产队领导们汇报，再买挂木绳吗？这个问题，让领导们一时语塞，没有办法回答。该项要加强财务管理的制度最终也不了了之。

有一个阶段，邢家爷又是生产队的木工。好像这是他个人自学的，没有跟过师傅。队里只要有木工活，他就借助斧头和锯子等工具，将一块块木头弄成大小不一的木板，再根据需要，钉上或者嵌入，最后，门窗、板凳和箱子就做成了。

在洄泉村时，我家要盖厨房，请来的就是邢家老汉。每天早上，他就来到现场，把一根根椽子不停地调整方向。别人开始用土坯砌墙时，邢家老汉就边推边刨，又敲又钉，几天时间就做出了窗框子和门方子。做活累的时候，邢家老汉就坐在地上，装上旱烟锅，"吧嗒——吧嗒"咂着，烟雾从嘴巴里轻轻吐出来。

邢家爷懂宁夏方言，也熟悉洄泉话。所以，他的发音是混杂型的。他跟村民们生活久了，大家都能听懂那语速较快的特殊语调。没上学的日子里，我们集中在沙坑里，光着屁股，开始大声喊："邢家老汉鳖客子，逃兵跑到洄泉里，又做木匠又吆车，气死你们抓兵客。"但当着邢家爷和大人们的面，我们谁也不敢喊，只在私下里悄悄说。

在兴泉滩上，岁数渐大的邢家老汉再没干过重活，基本上就是照看照看生产队的菜园子。正是在菜园里，我才有机会与邢家老汉有了更深的接触，他也完全了解了我。我觉得，在邢家老汉生命最后的十年里，我是他最重要的人，也是值得信赖的忘年交。

应该是1985年的夏天，我跟着邢家爷看菜园子。有一天晚上，邢家爷躺在土炕上，正给我说书，我却鼓动邢家爷去偷二队的瓜菜。因为白天的时候，二队那两个看菜的人来到我们的菜园子，说他们晚上再不看了，队长给的工分太少了，想着还要增加工分。邢家爷开始不去，一直骂我不讲公德。后来，邢家爷经不住我的反复劝说，同意由我背着背筐一起到二队的菜园子去，我摘了满满的一背筐番瓜。我送到家里后，又劝说邢家爷再偷一次，我说明天二队队长肯定会给看菜园子的人加工分，因为菜园子里的番瓜让人偷了。邢家爷没办法，我俩又去二队的菜园子，刚到地边，地里突然有人站了起来，吓得我跟邢家爷一南一北地跑散了。最终我俩同道，邢家爷在前面跑，我跟在后边，过了好多块地，我才敢开口喊他老人家。

　　我俩累得上气不接下气，坐在地埂上我笑疼了肚皮，邢家老汉也边骂边笑……

尕奶奶

尕奶奶是我的亲奶奶。

我爷爷是陕西省大荔县人，自打民国年间老婆去世后，他便一路走到甘肃，做着皮货和青盐生意。爷爷在兰州庙滩子、永登红城子、古浪大靖、景泰芦塘和锁罕堡等地都建有商号，雇有专人看店和销售。后来，我爷爷就娶了我奶奶，在洄泉村里安家落户。

在洄泉定居后，爷爷经常在外经营商号，兰州、包头、古浪和景泰各处跑。那时候，爷爷骑着一匹黑马，风里来雨里去，既要进货，又要收款，还要审核，忙得不亦乐乎。由于爷爷常年在外，家里也待不了多长时间，只是给奶奶必备的生活用品和零花钱。这样，吃饱喝足之后，我奶奶手里有了一些积蓄。

兴许是日子过得无聊，我奶奶开始吸食鸦片。爷爷好不容易回洄泉一次，还要把各个点各个商号的账再梳理归纳，为下一季度商品运销提供依据。他根本想不到奶奶会吸食鸦片。

有一年，快过年了，爷爷从包头回到洄泉，他让奶奶把麦子淘洗干净，准备磨面，但奶奶却三番五次地找借口，一天推一天。都到了腊月二十八，眼看就年三十了，我爷爷把粮仓的门打开，发现仓里码放的仅最上面一层是粮食，下面全部装满了麦草。原来，奶奶因为吸了鸦片，除了把爷爷给的银圆花完，又将粮食也换完了。

  我觉得，奶奶当时靠爷爷做生意，衣食无忧，日子应该很幸福了。但是却没有约束好自己，因一时糊涂而误入歧途。

  这件事深深刺伤了爷爷，也许这让他想到了当年在陕西的不幸。在大荔县的小营村，妻子因身患重病不幸离世，他们的儿子才出生9天，后由奶妈收养。也许是妻子的死对爷爷的打击太大，所以爷爷才下决心离开了有树有水的大荔，来到甘肃打拼。几年辛苦之后，终于有了商号，又重新组建了家庭，也生育了小孩，让他没想到的是老婆却染上了大烟。因此，爷爷的怨气一直积压在心里，他有苦说不出。

  那一天，爷爷打了奶奶一巴掌，也更狠更毒地打了自己一巴掌。当时，爷爷从村后找到来自河南的姚铁匠，从他家买了三升面粉，让家里人过了个年。

  我想，爷爷的脾气是非常暴躁的。从他发现奶奶把粮食换了鸦片的那天起，他就下定决心不要奶奶了，宁肯自己养育儿子，也不跟这个女人一起过了。当年，过了元宵节，爷爷把奶奶驮在马上，交给邻村一个姓张的贫农了，说好用两升麦子交换。这个张姓的农民家里很穷，当时没有麦子，答应年底再给，最终，两升麦子也成了空头支票。时间过了不久，我爷爷因脑血栓突然去世了。

  将奶奶送给了别人后，爷爷把我父亲寄养在了师志刚家里。师家也是从陕西大荔来到甘肃景泰的。我们两家是近亲，我爷爷是师志刚父亲的表叔。我们两家可能都是在1949年前来到泂泉的，爷爷比师大大要大好多，但他俩以前接触过，似乎一起做过生意。据推算，我父亲被留在师家应该是五六岁。稍大一些后，我父亲就给我师大大家放羊。再往后几年，师大大就派人到沙塘子俞家，为父亲说了我母亲，并给我父母办了婚事。

结婚之后的好几年里，我父亲母亲跟我大大家生活在一起。在洄泉堡子师家院子里，有一间东屋，就是我爸我妈的婚房。奶奶嫁给张家以后，又生了好几个孩子，两个儿子，三个女儿。其中需要说明的是，大姑娘嫁给了鹦鹉村的达家。很小很小的时候，别人就告诉过我们，说大姑应该不是张家人，是我奶奶肚子里带到张家的，肯定是郑家人。也有人说，我父亲小的时候，就私底下骂我大姑把姓都改了。

不管怎样，现在已经无所谓了。我们最需要关心与帮助时，什么也没有得到过。生活困难之时，真的很想有一个亲戚能帮上我们一把，能推推正在爬坡的我们，能更加有力地往前走一走。

1950年初，我奶奶一家生活在东黄崖边上的山洞里，日子过得很艰难。有人将奶奶的情况告诉我父亲，父亲就步行找到奶奶家，说洄泉土地非常多，去了洄泉就马上能分上地。这样，张家爷爷带着奶奶，还有我大爸爸张忠彩、孕爸爸张忠华和几个姑姑，从外村来到了洄泉。

开始时，奶奶家住在洄泉堡子的窑洞里，但已经分上了地，实现了"耕者有其田"。后来，奶奶家就在大洄泉沟口上修建了房子。我父亲、母亲从师家搬出来后，也就在奶奶家的西面建起了家。父亲从小没有得到过父爱和母爱，如果不是师家收留了他，真的不知道他能不能活下来。所以，在极为困难的日子里，我师大大家给了父亲可以栖息的一方热炕，有一口热饭，真的应该感谢，感谢我师大大家。

1964年，我刚刚出生时，父亲在帮我大大家盖房子时，拉着一架子车石头从洄泉堡子的东门出来。那儿有一个比较大的斜坡，父亲一个人没有刹住车，连人带车被挤在坡下的土槽里，他的腿被压折了。人们去救父亲时，他的上衣都被汗水浸透了，下身全是血，他却没有掉一滴眼泪。

父亲为什么要让奶奶搬回洄泉呢？我觉得他一直盼望能得到母爱，哪怕只有一丁点儿。在奶奶家边上建起房子，应该是父亲所盼望的，是父亲的一种追随，一种寄托，一种依赖，一种期许……

不知为什么，洄泉村上的人都把我奶奶称之为尕奶奶或尕太太。可能是自学成才吧，尕奶奶会接生，这在那个年代真不是个小事。不光洄泉村的，周围村子的，都会把尕奶奶放在极重要的位置。

那时候，经常见外村外社的人，条件好些的就是驴车或马车来接的，条件不太好的就是小伙子拉着架子车，上面铺上毛毡和褥子，再盖着被子，接上尕奶奶就去外村了。当时，不讲究现金酬劳，但几碗白面还有几碗黄豆总是要给尕奶奶的。尕奶奶只要从邻村回来，衣襟上就系着红布条，大摇大摆地走东串西，也会大声讲述此次外出见到的新鲜事儿。

除了接生之外，小孩，尤其是不会说话的婴儿，哪儿不舒服了，家长就会请尕奶奶去看看。奶奶也是分情况，有的就烧点纸钱，再用筷子拍拍打打，把烧过的纸钱倒在村中的十字路口，有时就用手捻置艾草，捏成一个个小圆锥形，放在各种穴位上，根据所需时间长短再进行调整。

尕奶奶接生了好多人，有的家里父子两代人都是奶奶接生的。最令洄泉人称道的是，给张瑞林老婆接生时，一个肉球生在了炕上。正当家里人想扔掉肉球时，尕奶奶拿起一把剪刀，铰破肉球，一个男孩哇地哭出声来。从此，那个男孩就叫"瓜生"，现在，也搬迁到了兴泉滩上，早已娶妻生子。

张绍武

张绍武是张延州的爹,是洄泉村子上最早念书的人了。

张绍武读过私塾,很是好学。每天起得很早,蹲在炕上,对学习过的课文和一些重点章节,反复琢磨。最让人称道的是,去私塾后不久,张绍武就能将《三字经》倒背如流,比私塾班上其他同学强了许多。

我见张绍武时,他已经很老了,背有点儿驼,走路慢慢悠悠。当时,可能是有什么病,很少听见他说话,他一般不轻易跟人打招呼。

张绍武与村子上"尕地主"的爹是堂弟兄,所以,早年家里还是有些钱的。私塾读完以后,张绍武就回到了洄泉村。大致在村子里待了一年多,经人介绍,他在兰州参加了国民党。

部队的长官看张绍武有文化,头脑比较灵活,便派他到成都学医,时间近两年。回到青海部队以后,张绍武成了随队医生,那些士兵们有头疼脑热的,都靠他来医治。针对高寒地区腿脚不太灵便的患者,张绍武还摸索出了扎针的治疗办法。由于年代久远,也不知道张绍武的医术如何,但在洄泉村里,好像没有见过他给人看病抓药。

张绍武在部队上只干了几年。1949 年 8 月,张绍武跟随部队至兰州，抵抗彭德怀率领的中国人民解放军。眼看失败了，战斗的间隙，张绍武偷偷跟随五六个人逃到了永登。逃亡之路非常艰辛，走走停停，沿街乞讨。后来，过了天祝、武威和古浪，又向东才回到了家乡。

到达景泰大格达的当天，张绍武长长地吁了一口气。他也觉得马家队伍该整顿了，内部管理不严不说，单是失去人民支持，迟早是要灭亡的。回到洄泉之后，张绍武将在青海部队的事情一概隐瞒。给关系比较亲近的，就说自己那几年外出做生意，由于缺乏经验，全部赔光了，也就回来了。我想，张绍武还是聪明的。他知道，他在国民党部队的这段历史是极不光彩的。对此绝口不提，一直在家闭门不出，也是这个洄泉念书人的正确选择。

张绍武一生主要就是念书，不会劳动，没有学会种庄稼。即使从青海部队回来时已是老大不小的人了，但仍然不会做农活，耕地也好，播种也好，什么都不会做。就是在生产队里，张绍武任何农活也做不了，一方面，确实是干不了，自他进入私塾读书开始，从来就没有干过活；另一方面，他根本就不想学习怎样做农活。

那个年代，生产队每天都要根据每个劳力的出工情况来记工分。对于任何一个人而言，工分都是极其重要的，是一个家庭保持稳定与发展的基础。但对张绍武来说，工分没有任何意义。生产队的庄稼下来了，张绍武就理直气壮地去背。村子上的人都知道，他是个念过书的人，不会干农活，只能睁一只眼闭一只眼。

那个时候，洄泉村里有一句话，就是专门说张绍武的。只要是任何一个人提起张绍武，都会说他是"一根绳的庄稼卧拐子的风"。洄泉村里的庄稼成熟了，张绍武就拿上一根绳子，非常利索地将庄稼背回来。然后，公然摊开在自家院子里，等太阳晒干以后，用榔头不断敲打，经两三道工序，最后拿到磨坊里推磨，磨出面粉，张绍武就慢条斯理地开始享用了。

有一年，野狐岘沟里种的麦子长得很好，队长组织社员拔好以后就堆放在地里。当天晚上，张绍武拿起绳子就出门了，去的时候觉得还可以，很轻松地哼着个小曲子，回来时，背的粮食捆子越背越沉，越背越沉，一路上缓了十几次，累得他上气不接下气。第二天，张绍武就累得病倒了。

泂泉有个邻村，叫鹦鹉山村。这个村里，有个读书人，名叫达青山。有时候，达青山老人从家里出发，带一瓶子甜水来到张绍武家里。两位老人一坐就是大半天，说古论今，达青山会问张绍武某个字应该念什么，还会问张绍武，有一句古话叫什么，该怎么写。只要达青山来的时候，张绍武心情是最好的，像找到了知己，笑容满面。

每年春节时，张绍武会给自己家写对联，"室有余香谢草郑兰燕桂树，家无别况唐诗晋字汉文章"和"一人造成千人美，五味调和百味香"，就是他家的上房和厨房有一年的对联。

张绍武会耍棍棒。从青海马家队伍逃回来之后，他每天早上喝完罐罐茶，便开始一整套的习练，很快身上就湿透了。

张绍武除了会武术之外，还能够教戏，像导演一样，有板有眼地进行说教，让学徒吃透剧情，短时间内就可以登台演出了。年长些的泂泉人都记得，张绍武年轻时曾扮旦角李慧娘登台演出。1965年前后，泂泉村春节期间的戏台上，又上演了《李慧娘》中的折子戏《杀花园》。在这场廖寅杀裴生的戏中，演慧娘鬼魂的张绍武嘴里不断地喷着火焰……张绍武扮演的慧娘形象鲜明，天上地下飘来飘去，手持土地神送的"阴阳扇"最终使杀手毙命，裴生得救。张绍武的演绎，折射与反映了人们对爱情和侠义精神的认同……

洄泉记忆

师耀贤

师耀贤是陕西省大荔县人，13岁时就跟着舅舅从陕西到甘肃，在景泰经营皮货和青盐生意。

师耀贤的舅舅名叫王应南，同是陕西省大荔县人。王应南是一个极聪明的商人，具有很强的分析判断能力，能够抓住商机，乘胜追击，大获全胜。

在洄泉村里做生意时，王应南这个外来户对村民很好。谁家遇上红白喜事了，王应南会给予极大的帮助。对于那些揭不开锅的，王应南会让伙计装点粮食送去，以解燃眉之急；对于失去亲人却无力下葬的，王应南会请村里的老人出面，花钱请好大东，妥善作出安排，自己的商号出钱，让逝者入土为安；对于要娶妻嫁女的人家，王应南会根据婚事急缓程度，派店小二送去一份财礼。

王应南是一个极具爱心的人，他懂得和顺与稳定，能照顾各方面的关系。特别对困难人家，更多的是给予关心和爱，让自己能够在任何地方都能把商号开办下去，且平安通达。

后来，王应南因病去世了。

师耀贤继承了舅舅的商号，让"德顺通"没有倒闭，大旗依然飘扬在洄泉上空。

那时候，师耀贤利用在商铺学习到的知识，公平竞争，与内蒙古包头、陕西西安及渭南、甘肃兰州等地的商户们及时加强联系，不断增进感情，切实确保了"德顺通"安定、有序和健康地运行。师耀贤主持下的"德顺通"迎来高速发展的时机。

民国末年，洄泉村里的罂粟长势极好，连续十一年风调雨顺。到了秋天，来自各地的商贩们云集洄泉堡子，谈天说地，道古论今，甚是热闹。"德顺通"晚上要开到十点来钟，师耀贤与各地来的商人们寒暄聊天。

师耀贤耳聪目敏，在商业经营上可谓得心应手。他性格直率，但不卑不亢，与他打过交道的人，都喜欢他的为人处事。

到了1949年上半年，洄泉堡子里"德顺通"的生意依然很好，每天人员来往不断，货物进出有序。但师耀贤总在盘算着什么，有的伙计们觉得，是不是想着要在外地开"德顺通"的分店？谁也说不清。刚过完年不久，可能是正月二十几，师耀贤领着大儿子师志刚，来到兴泉锁罕堡，在一个陕西大荔的老乡家里住下。

实际上，这次领着儿子外出，就是因为手里宽裕，除了正常经营之外，还有些积蓄，便想再购置些田产。洄泉村没有水浇地，全是各沟各岔的旱地，出于忧患意识，师耀贤想买些水地。这次的锁罕堡之行，他就买了十亩水地，尽管后来土地改革，锁罕堡的十亩水浇地没有种任何植物就全部充公了。但从一个侧面可以看出师耀贤在商业贸易方面的杰出才能。

后来，"德顺通"就卸下了商号，仿佛销声匿迹了一般。但是，我觉得洄泉村的老人们，会记住"德顺通"的，它不仅仅是一个贸易场所，也是一个了解外面世界的窗口。这个由陕西大荔人创办的商号，是在洄泉的土地上成长与壮大起来的，与洄泉的名字一样，永远闪耀在风里雨里。

后来，师耀贤的大儿子师志刚还能记起，家里装量粮食的斗和升子上，还清晰地刻有"德顺通"三个大字。升，又称升子，木质结构，上大下小，正台形，四面为梯形，用木料合卯制成。斗与升子不同，它为方形，有正方及口大底小两种外观，斗中间设有一根横木框，与口齐平，便于提携。1949年前那阵，洄泉村里就有这样的说法，特别是小孩子们会喊："穷没有根，富没有苗，命里该着吃一斗，走遍天下吃十升。"

现在，没办法考究我爷爷是不是与我师耀贤大大的舅舅王应南一起来的甘肃，一起结伴落户在景泰洄泉村里的，能说清楚的人都已不在人世。但我爷爷很有可能在临终前将我爹托付给了我师耀贤大大。所以，我大大始终把我爹牵挂在心上，拉扯他长大，也给他成了家，遇到困难时总是及时帮助解决。

土改的时候，我师耀贤大大把马、驴、羊和土地都按照政策规定，分给了洄泉村以及福禄水村的村民们，所以，当年定成分时，就给我大大家定了一个"小土地经营"。1964年，农村进行社会主义教育时，重新划定我大大家是"上中农"成分。我觉得，我大大能看清风向，能割能舍，不是一个爱惜钱财的人，从他家每次定成分这件事上，就足以说明一切。

洄泉村及邻村的人都把我大大叫作"师猴子"，主要说明我师耀贤大大聪明伶俐，做事非常麻利，所以，"德顺通"才会生意兴隆，财源广进。

一天晚上，土匪到了洄泉村。这些人可能提前踩过点了，他们偷偷跑到"德顺通"，把我大大用绳子吊在马圈的梁上。装银子的柜子钥匙在我大大的口袋里，只要自己跑了，土匪找不见，钱财肯定完好无损。于是，我大大不知哪儿来的一股力气，自己把绳子挣开了。他轻轻下到马圈里，骑了一匹红色大马，隐藏在马的侧面，飞速冲出院子。土匪在后面紧追慢赶，却再也没看见飞出去的枣红马，再也没有看见如同飞走的我大大。其实，当时我大大骑马从大洄泉口上钻进了山里，翻山越岭后在台子圈的羊圈里待了一晚上。土匪们不知道大洄泉口上的这条路，他们只是沿鹦鹉山方向去追，肯定就追不上了。

土改以后，大大先是在村子上的信用社里当干事，后又在洄泉村的商店里卖货。商店是国营的，卖些日常用品，像火柴、布料等。同时，洄泉村、下滩村、福禄水村、马莲水村和石羊沟村五个村成立了新华大队，大大因为早年在铺子里学习文化，又在"德顺通"里长期打算盘，便当上了新华大队总会计。每年年终，公社都要实行决算，大大就要被集中在喜泉公社里。大大年年都把五个村的账记得清清楚楚，算得正正确确的。那时，公社决算时，各个大队的会计都要向我大大请教，好多会计就直接请我大大帮着记账。

我现在还记得大大在商店里卖货的样子，脾气有些急躁，爱跟小娃娃开玩笑——他用手指头在小孩子头上弹"脑瓜崩儿"。我不知被大大弹过多少次，那时觉得特别特别疼。

1967年7月，师志刚从景泰一中高中毕业后，由于"文革"，不能参加高考，就回到洇泉村务农。在景泰一中的时候，师志刚与同班同学薛延敏谈上了恋爱，当年9月，师志刚与薛延敏在洇泉村结婚了。我大大非常高兴，情绪极高，他亲自炒了几个菜款待乡亲村邻。

师志刚结婚以后，自己到福禄水村的煤矿，开始以背煤养活家人。

临近过年时，我大大踩着凳子取炉桶倒完烟灰，刚安装好，突然觉得心口很痛很闷，就上到炕上躺下了。不久，我大大就永远地离开了他的儿女，离开了我们。那年大大只有60岁。

后来，师志刚哥告诉我，他这一生中最后悔的，就是没有听父亲的劝阻，坚持到农村的煤窑里背煤。如果当时知道父亲年底就走了，他会万分珍惜父子之间仅剩的短暂时光，会每天陪着父亲，跟他说说话，谈谈心，聊聊天。

说起来，大大是老来得子，前面几个孩子生了不久就夭折了。师志刚是大大40岁时生的，倾注了他老人家所有的情感，极为喜欢这个大儿子。

后来，师志刚和薛延敏仁心操劳，含辛茹苦把后面的四个弟妹都拉扯长大，并照看着成了家立了业。其中三个兄弟都考上了大中专学校，且在各自的领域均有所建树。

春种秋收,
故乡是上帝创造的世界。

第四辑 洄泉记忆

家是故乡的子集。

记忆中的故乡贫瘠而温馨，民风淳朴，人们生活得悠闲而清静，没有都市的繁华与喧闹，也没有朝九晚五的匆忙。炊烟似天，蛙鸣如歌，总透着一股自然的爽朗，空气里带足了原生态的泥土芬芳。

习惯是经过无数次重复形成的特有动作。

每个人都有与生俱来的恋乡癖。

习惯让梦萦绕故乡，这是难以改变的思维定式。

其实，是难舍记忆中的故乡，特别是久居城市后，一旦走在茫茫人海里，看着身旁的芸芸众生，或者目光触及一些场景，每个人的思绪总纠缠在故乡。曾经的熟悉是那样的生动，仿佛昨天。

洄泉是郑天敏今生难以逾越的精神高地。

洄泉不大，但养育了众多的游子。

不错，外面的世界很精彩，如今的故乡已留不住远行的步伐。故乡如一位慈祥宽厚的母亲，仍然从容安详地目送每个背起行囊的孩子。但跟郑天敏一样，每个从故乡走出去的人，都对故乡有着深深的依恋。不管走向何方，身在何处，故乡的岁月永远是他们心中永难挥去的情结。

有些事，有些人终究会成为过去；某些事，某些人终究会成为不可磨灭的记忆。

耍社火

从清代开始，洄泉村的社火就非常出名。

社火是个花钱的活动。维持社火队运转，就需要持续不断的金银财宝来支撑供给。洄泉村南上兰州也好，北下银川也罢，交通比较便利，所以，这里有不少商号货栈。加上从清末到民国，连续十一年风调雨顺，鸦片种植繁盛，商业贸易往来更加频繁，各个商号生意通达。

每年，只要进入腊月，村子上就有专门的社火头儿，召开各种会议，商量和研究安排社火。那些商号们，用不着别人喊叫或催促，自己就拿着银两跑来，交给社火队，并且一再申明，如果还有需要，就随时去店里拿。洄泉村里的这些商号们，之所以有如此慷慨高洁的行为，那是因为他们把村里的社火与经营贸易看成一体，用社火保佑商贸，以商贸助力社火。

洄泉村里有庄王爷，是用木头雕刻而成的。

庄王爷的雕像不是很大，但是雕像有鼻子有眼睛，甚有风度，近看或者远观，都显得威严庄重。可能是刻制年代久远了，也可能是木料本身的原因，由于经常捧捏在手，通体油光发亮。每年在耍社火之前，必须举行一个隆重的仪式，社火头儿会把庄王爷请出来。

一般来讲，庄王爷出台的地方，就在村头大洄泉沟口的庙儿湾。在庙里的供台上，社火头儿把庄王爷安放妥当，然后开始敬香和磕头，后面的村民也会恭恭敬敬的像社火头儿一样，跪得极其虔诚，有板有眼地拜磕。谁都会觉得除了天地，庄王爷就是最大的了。最后，社火头儿还要通传，就是跪在庄王爷前面，祈求村子里风调雨顺，家家可以平安吉祥，所有的商贸往来都能通通畅畅。

其实，在洄泉村里，最耍人的就是此时此刻的社火头儿。一个跪拜的动作，一声洪亮的嗓音，一句通传的话语，仿佛真的会天青青月明明，一切都会被神灵保佑。

农村的事情，有些是不需要渲染的。虽仅仅那么几句话，村民们却都认为，每年的这几天，一旦自己的请求被庄王爷记在心里，就能一年万事大吉，做任何事都能够顺畅。

社火头儿的通传，就是禳解，就是为洄泉村的所有人祈福。

所以，洄泉人觉得，耍社火是项虔诚的活动，神圣且神秘，容不得亵渎。只要心里有了社火，胸怀就踏实。

一般来讲，洄泉村里的社火，过了正月初五就可以正式开始了。

闲冬里，每天吃过早饭，耍社火的人们穿戴整齐后都会按照社火头儿的安排，统一集中在村子里的一处空地上排练。社火头儿点名，呼唤上场，然后再一项一项地进行排练。除了顶灯笼的娃娃们，其他像划旱船、打太平鼓、打腰鼓、扭秧歌和唱小曲的，都实打实进行预演。如果表演不认真，社火头儿会严厉地批评，并且罚站在场外。

经过腊月里的排练，到正式开演，社火队整体的水平和层次就上去了，好像换了人一样，个个都是角儿。

那几天里，大拉牌村、福禄水村和马莲水村等邻村的年轻人，都会跑到洞泉村，观看精彩的社火表演。

每年，洞泉村里的社火就像一团火在燃烧，烘托着整个村子里的气氛。那时候，几乎没有文化能够在农村里传播，这些自编自演的节目，使洞泉这个村子里的文化基因一直在延续、发育与生长。

传承的薪火就这样接力，一年又一年。

小时候，我听过村子上人们演社火时哼唱的那些小曲子，非常动听，觉得编词的人真有水平，简直就是奇才。我家背后是陈麻子家，这个家里的大儿子去新疆当兵了。有一年，社火队来到他家，几个老汉就唱了起来："陈老大，真能行。为什么说真能行？因为他是个新疆兵……为国家，当了兵，全家高兴，洞泉喜庆……"小曲子的声调很温婉，说唱者动容，听的人动情。当时，我和代元信等几个小屁孩，听了这些说唱以后，暗暗下定决心，长大后也要去新疆当兵。

洞泉村里的社火基本上在固定的地方演出。村子里有两个生产队，就在前面不远的空地上，热热闹闹地耍，锣鼓声吸引邻近的人都来围观。

民国时，社火也会进商业区玩耍，特别是狮子攀柱子和滚绣球，会到店铺里面去，图个吉利与好兆头。1949年以后，有些条件好一些的人家，会在耍社火时邀请社火队去自己家里演出，也是希望借助社火之力，保佑家庭平平安安，身体健健康康，事业兴兴旺旺。

现在，回想当年听过的李福老汉编写的《太平年里唱太平》的小曲子，觉得很有味道："太平年呀年太平哟，年呀年太平呀，年呀年太平呀，户户放呀放高升哟，高升空中开了花，幸福成果在心中哟；太平年呀年太平哟，年呀年太平呀，年太平家家呀、户户接呀接财神哟，财神接进大门口，财多粮广人喜庆哟；太平年呀年太平哟，年呀年太平呀，年太平家家呀、户户闹呀闹风景，男女老少扭起来，敲锣打鼓迎新春哟。"

从正月初六到正月十六，连耍了十一天之后，洄泉村的社火才能谢台。

正月十六的那天晚上，洄泉村家家户户的门口都点燃了一个大大的火堆。社火队不知要分多少路，并且每个人家都要跑到。家里的主房门都开着，打鼓的，敲锣的，扭秧歌的，唱小曲子的，必须要进到每间房子里去。社火队的人员去过之后，就用木锨将烧完的火星高高地扬起来，看着飘逸出的各种图案，人们会大声附和道："明年的小麦好呀"，"明年的谷子丰收了"，"明年的糜子穗儿大呀"。最后，社火队就会去庙儿湾。

在庙儿湾，社火头儿仍然会供奉庄王爷，敬香，磕头，祭拜……老老少少的乡亲，会把狮子身上用麻制成的毛，还有糊了灯笼的纸都取下来放在火堆上燃烧，希冀即将到来的生活幸福安康。

庙儿湾，洄泉村的人们是欢乐的。他们认为，今年的社火已经到头了，还有明年，还有后年，还有更多更好的社火，会像燃烧的火焰一样绵绵不断……

洄泉记忆

唱秦腔

洄泉村的北面，是一条蜿蜒起伏的山脉，总体呈东西走向。

早在1958年，景泰县成立了石膏矿，主产区就在洄泉村的这条龙山里。那时候，生活在洄泉村里，经常能听见放炮的声音，但大多只是在白天。其实，这就是石膏矿在开矿。

那时候，不知为什么景泰县的石膏矿会有外县的人员在采矿。洄泉村第一生产队的院子里，搭建起的帆布帐篷，住的是来自皋兰县西岔公社的社员。这些人就是专程来慰问他们皋兰在景泰石膏矿采矿的工人们的。由于矿区比较危险，所以皋兰西岔公社的这个慰问团就住在了洄泉，与当地村民打起了交道。这些人说话与洄泉口音不太一样，发音基本上都是"三声"。

除了慰问演出外，他们有时也会帮助洄泉人收割和打碾小麦。慰问团里有男有女，闲下来时，这些皋兰人会把当地做浆水的技术教授给洄泉人。作为回报，洄泉妇女也会教他们制作洄泉的吃食。后来在端午节，西岔公社的慰问团也会像洄泉人一样蒸麻腐包子了。

住了大半年后，他们与洄泉人熟悉了，也就表现出了豪放的个性，语言泼辣，说话中还带有一丝诙谐，冷不丁就会放声大笑。再后来，西岔公社的慰问团离开了洄泉，返回了家乡。但有一个人没有回去，他就是皋兰县西岔公社陈家坡人陈增俊。

陈增俊是一个极有文化底蕴的人，二胡和板胡拉得都相当好。洄泉人唱秦腔，他是出了不少力的。

皋兰县西岔公社的慰问团在洄泉村里演出了好多场秦腔，既是对洄泉村人们的慰问，也是对村子上那些热爱秦腔的年轻人的启蒙与引导。慰问团的李顺义团长深入到农民家里，一边聊天一边比画，看看这里的年轻人谁的基础更好一些，在唱戏上能有发展前途。很快，慰问团与大队进行了商议，确定了田明珍和王世成两个男徒弟、鲁学英和师志英两个女徒弟，这样，学习秦腔的基础班子就组建起来了。

田明珍学习进步很快，动作拿捏到位，声音高亢嘹亮，饰演的杨六郎真可谓惟妙惟肖。王世成饰演的包爷也很好，尤其是他圆圆的脸盘，与包拯的外形相当，村子上的人们都非常喜爱。田明珍和王世成在田间劳动时，村民们都直接喊他们为"杨六郎"和"包爷"，有时还会邀请他俩唱上一段，田明珍和王世成也不推辞，马上能吼上一段。

1965年前后，大队觉得田明珍和王世成两人，基本上能挑起戏班子的大梁了，有必要再下一番功夫，多培养些年轻演员以备后用。于是，张俊武专门在西岔公社秦剧团拜师学起了"武将"；张秉义，曾在村上当过兽医，在剧团寻找老师，学起了"丑角"；女同志中，鲁学英多扮演正旦，如秦香莲等；师志英是我大大的大姑娘，多扮演花旦，如扮演《拾玉镯》里的孙玉姣。另外，鲁杰先拉板胡，师志刚吹长笛。这样，洄泉村的戏班子差不多凑齐了。

那时,泂泉村的演员们,已经能够演唱秦腔折子戏《铡美案》《周仁回府》《杀庙》《打镇台》《十五贯》《苏武牧羊》《辕门斩子》《祭灵》等。演员们演得有板有眼,村民们看得酣畅过瘾。

每年,从正月初六开始,村子上就会组织唱秦腔大戏。那些在泂泉村里有亲戚的邻村人,一般在亲戚家住到正月十六,等社火送了、戏演完了才回家。

1977年之前,每个公社每两年要组织一次秦腔演出,时间就在国庆节前后。泂泉村就会出动两辆马车,把道具和演员全部拉上,集中在公社驻地兴泉村演出。

从1969年到1975年,泂泉村的秦腔在喜泉公社会演中年年都是第一名。其中,1972年和1973年,泂泉村又代表喜泉公社,在景泰县的秦腔会演中夺得第一名。那时候,十里八坊的乡邻们都知道泂泉村,知道泂泉村里有唱秦腔的老手,水平确实很高,对此都佩服不已。

留声机

留声机是一种用来播放唱片的设备，是美国发明家爱迪生于1877年发明的。

1949年前的洄泉村里，已经有了这种会说话的机器。

"德顺通"的商铺里一直存有留声机。"德顺通"商铺的创办者，是我师志刚哥哥的舅舅王应南。也许，王应南老汉比较喜欢留声机里播放的那些曲儿，或许会给由陕西大荔来甘肃景泰的他，带来心理上的一种慰藉。

洄泉村第一生产队的王世金已经80多岁了。老汉的一头白发向后梳着，干净整洁，让人觉得他不像个农民，倒像一个离退休干部。据王世金回忆，他六七岁时，在"德顺通"的店铺里，每天都能听到秦腔声，声音特别响亮，吸引了全村人驻足欣赏。

王应南和我爷爷都是陕西大荔县人。很可能离家久了，这些陕西人心里总在怀念过往，巍峨的华山，缠绵的渭河以及那些匆匆吹过的风儿。也许，王应南只是个人喜好音乐，但他的所作所为却影响了许许多多的人，他的亲人、洄泉村民以及每天打交道的那些客商们。

泂泉记忆

王应南去世后，没有留在泂泉，最终还是长眠在了陕西大荔。尸骨是我大大迁送去的，一路艰辛，随了老人心愿。

王应南老人在泂泉的时候，生有一个姑娘，后来嫁给了福禄水村的王家，我们称她娘娘。王家娘娘虽然身在农村，但她知大局识大体，遇事沉着冷静。实际上，跟着王应南老人，王家娘娘还是学了好多文化，《四书》《五经》背熟了不少。王家娘娘生了四个儿子，老小是王树让，后来考上了大学，毕业后分配到了白银市招生办公室工作。王家娘娘的大儿子是王树信，长得高大威猛，却是一个地地道道的文化人。王树信早期在福禄水村当民办老师，教出了不少学生。后来，喜欢音乐的他又考取了公社文化辅导专干，不但会作曲，还会作词。他作曲作词的《驼铃叮当响》在《甘肃音乐》上登载。我想，这可能也是对泂泉村里留声机的另一种传承，因为王应南是王树信的姥爷。

王树信跟师志刚年纪差不多。后来，不幸得了胃病，英年早逝，不论对王家还是对甘肃地方音乐都是一大损失。

泂泉村解放了，"德顺通"走到了历史的尽头，永远地关闭了。留声机也就跟随主人，回到了我大大的家里。

我大大家的留声机看起来是一个物件，实际上是将两个物件连接在一起的，一件是唱片机，另一件是受话机。其实这是一种最原始的放音装置，它的声音储存在圆盘唱片上刻出的纹理内。唱片放置于转台上，在唱针下面旋转，歌声和音乐就会荡出来。

大大家的留声机好像是橡木外壳。不论是唱片机还是受话机，外形都很大，看起来很是厚重。特别是唱片机里的那个圆盘，在旋转过程中，显得优雅有度，一头轻擦着转盘，另一头连着受话机，放出的声音音色饱满，流畅清亮。

留声机在我大大家放置了很长时间。有时吃过晚饭，大大便开始播放秦腔，声音不是很大，但隐隐约约能听出来。

留声机是一个时代的产物。看着它，就如同在回忆沧桑往事，尽管往事是如此斑驳，也是那样无情。后来，在大大家里，师志刚哥翻出了同留声机一起拿回家的东西，主要是一叠一叠的唱片，有阮玲玉的《北京杨贵妃》《玉堂春》《新女性》和《洛阳桥》等，也有周璇的《夜上海》《永远的微笑》《四季歌》和《天涯歌女》等。从这些歌曲的名字来看，虽然带有那个时代的印记，却不失为名作，且一直延续流传下来。

全国刚解放的那阵子，大大家的留声机还曾放过歌曲，依然是阮玲玉和周璇等人演唱的。我大大心情好的时候，在晚上七八点钟，他会打开留声机，让音乐飘过院落，越过山峦，轻轻荡漾在洇泉村的大街小巷。那时，我年龄小，不懂得留声机的来龙去脉，就知道这种东西是只有我大大家才会有的，别的人家肯定不会有。有时，跟着母亲去了大大家，母亲会跟大大和嬷嬷说话，拉着家常，我总要到放留声机的堂屋里，左看看右摸摸，希望大大能打开它，让它传出悦耳动听的歌曲，让我再听听那些温婉清新的声音。

小时候，除了跟代元信、张延满和邢得才等年龄差不多的孩子玩耍外，有时候，还要去大大家里，既有父亲、母亲安排的任务，也有自己想去看看书的意愿。师家兄妹几个，跟我岁数接近的，一个是男孩师志凡，他比我大了一两岁，另一个是女孩师志茹，比我小一岁。在大大家，我跟着师志凡不止一次地近距离观察过留声机。

我记得，留声机的受话机上还带着一个铜制的喇叭，看起来非常庄重大气。害怕大大发现，我们两个小声细气的，不敢把受话机的音量开大，只是看着转盘在旋转，似乎有小小的声音传出。我当时觉得这个东西太神奇了，看不见也找不着人，却能听见歌声。我还打开过下面的木制柜子，用手摸着抽屉里面，想看看人到底藏在哪儿。

高中毕业后，我曾在余梁学校当过近三年的民办老师。学校从兰州买来了唱片机。每天早上，学生们跟着音乐一起做早操，放学了也会放音乐。当看到唱片机的时候，我觉得它跟留声机的原理一样，也是专门播放音乐的。

种鸦片

洄泉村里土地广袤,土层深厚。这里只要下了雨,无论是土地,还是砂地,都会长出绿绿的植物。从清代开始,一直到民国末年,洄泉村都在种植鸦片。

那时候,南来北往的人都知道洄泉,知道这个通过鸦片富起来的村庄。"洄泉洄泉大洄泉,左岔右岔野孤岘,谁若听见花在唱,丰盛饱满鸦片烟",这段小曲的唱词就是那时的真实写照。

庙儿湾往南,就是南北走向的大洄泉沟和小洄泉沟。这两个沟里的山不是很高,人可以随意翻越。山基本上是石头山,除了一些大一点的石头之外,山上多为小石砾。大洄泉沟和小洄泉沟,地势均为南高北低,土地都很肥沃。遇到风调雨顺,从南到北,到处是金黄金黄的一大片。那一株株丰盈饱满的麦穗,压弯了枝头,几乎快要触到地上了。

夏天,站在大洄泉沟与小洄泉沟的起点,驻足南端的金银陡岘,放眼望去,沟岔之内到处盛开着鲜花,蝴蝶飞舞着。如果能站在地埂边,或者田间,再深深地吸一口气,新鲜,纯洁,试想还有何处能与之相比呢?在金银陡岘的最高处,有一块可以倚坐的石板,既

洄泉记忆

可南瞰山沟，也能北望村庄。人在那儿，足以让一切尽收眼底，心里也就宁静多了。后来，我们放学去野外拾粪或挖柴，回到大洄泉沟口，都要在金银陡岇上待一会儿，也会坐在那块石板上，看看洄泉村，看看蔚蓝蔚蓝的天空，还有长势喜人的庄稼。

大洄泉沟和小洄泉沟的土层较厚，墒情特别好，适合各类作物生长。春天里，只要手抓一把籽种，轻轻撒下，淋点雨就能生根发芽。再过些日子，种子会跃过地面，痴痴地顶起无数个绿色的小伞包，然后渐渐长大。

据洄泉村里70多岁的王登位回忆。他爷爷给他讲过，不管是清朝年间，还是民国时期，洄泉村的沟沟岔岔，每一处都特别富有生机与活力，到处都绿茵茵的。那些种植在地里的鸦片，五六月的天气里，粉的、白的、红的、紫的，各种颜色的罂粟花都会竞相盛开，争奇斗艳。有时候，来洄泉的商人会带着家里人，或者三朋四友，组团来欣赏罂粟花盛开的美景。

记得有一年雨水好，从端午节开始一直下着小雨。到了秋天，山里还发过几次洪水。我和代元信还有邢得才有天吃过晚饭，就相约去了楚家沟。收过麦子的地里，又长出了一茬青草，有高高的马兰花和芨芨草，我们在里面玩捉迷藏。

除了大洄泉沟和小洄泉沟，洄泉村里的鸦片，还会种植在野狐岘沟里。野狐岘是东西走向的大沟，在野狐岘内，有许多南北走向或东西走向的小沟。野狐岘的沟岔内，又有两条沟岔，一条是左岔，基本上与野狐岘平行；另一条是右岔，在独山子向南拐了过去。1949年以前，这里也是种植大烟的地方，可以说是人头攒动，络绎不绝。

相对于大洄泉沟和小洄泉沟，野狐岘离村子比较远。特别是进入左岔和右岔，要走很远很远的路，总觉得走不到头似的。鸦片种植在野狐岘沟里，基本上算是种在了一个较为封闭的区域，不知道底细的人，或者不深入到沟里的人都不会发现。岘的起点，比村子要低矮许多，远处根本看不到沟岔的走向，好像连绵的小山环绕着村庄。野狐岘一直往东走，就到了中泉公社的野狐水村，大致有40多公里路。在交通不便的那个年代，这条路线少有人知，更无人走动。

野狐岘沟，从字面意义上讲，是有野狐子的，是一个比较硬气的地方。我们小的时候，放学了，也会去野狐岘沟里挖柴，或者捡拾牲口粪便。从路程上看，离家已经很远了。进入岘内，感觉就像到了外村，包括植物和飞禽以及山上的石头，好像与别的沟岔都不太一样。正是因为山峦比较高大，下到沟底里，温度都降了些许。突然，一只兔子从草丛里窜出，吓得人半天反应不过来，只有一身一身的冷汗。沟里靠近右岔的北面山顶上，不知什么年代，建了一个小庙，承担了问神求雨的功能。

一天，我和邢得才去挖柴，去了小庙附近的山上。我俩边说话边挖柴，顺便到地埂上挖着吃"黄花郎"，也就是蒲公英。正当我俩比赛，看谁把蒲公英的毛毛吹得更远时，一只吃得油光发亮的野狐子从我俩脚下的地里跑出，越过草丛，几步就上了山顶。这时候，天也快黑了，我们被野狐子吓得心虚，便赶快用绳子把柴火捆绑起来，迅速往回走。路上，我们俩都不说话，一个比一个走得快。第二天，我问邢得才是不是害怕了，他嘴硬，不承认。

洄泉村到底种植过多少鸦片，有多少人在经营这项生意，已经查不到翔实的数据了。慕寿祺辑著的《甘宁青史略》共40册，第36册中载："锁罕堡再南60里气候宜鸦片生长，有洄泉一庄村，民国年间1927年，植烟3670亩。"从清朝到民国，洄泉村都在种植鸦片，且质量属于上乘。

1949年以前，从陕西大荔县来到景泰的人是非常多的。在当时景泰的锁罕堡、芦塘城和五佛寺，大概有70多人，洄泉村里就达3家之多。包括现在景泰芦塘的孙家，祖上也来自大荔。这些大荔人并非都是做鸦片生意的，但与此相关的应该不在少数。我奶奶，也就是孖老婆子，手里留有一块商号的牌匾，一直在她的柜里锁着。牌匾上书"祥益畅"，不知是我爷爷那时的商号，还是她从哪儿收集来的。她老人家在世的时候，我没有问过来历。后来，奶奶故去，不知这块牌匾去了哪里。

现在想，我爷爷做生意的那阵子，很可能也会捎带大烟买卖，夹杂着青盐和布匹，"祥益畅"就是他经营的商号。

打篮球

早在1944年4月，泂泉堡子里就组织过篮球赛。那时是以泂泉堡子里的商号为代表队，有三个队参赛。

在堡子东边的水井旁，有两块高高竖起的木板。茶余饭后，村子里的年轻人都在木板下玩篮球。村子里的老人说，这里原来是泂泉村的篮球场。

后来，随着景泰石膏矿主产区的建立，篮球活动更活跃了，且每年都在比赛，对峙双方的水平很高。

刚开始，泂泉村有两个生产队，每个队都有一个篮球场。晚上，吃过饭的年轻人陆续来到球场上，开始蹦蹦跳跳，你争我抢。后面，参与的人越来越多，篮球队就把分在两个球场的队员集合起来，组织成一场球赛的左右方，正式进行训练与比赛。

泂泉村里，篮球打得比较好的有张延义、鲁延才、车银安和鲁延发。尤其是张延义，个人技术比较全面，攻防结合，有守有攻，在场上投球的话，大多都是三分球。有时，在正式比赛中，张延义带球越过好多人，一下子就能从后场窜到前场，基本上属于球队的核心。鲁延才，小名叫四宽娃，村子上的人都称之为"老宽"。老宽

洄泉记忆

个头很高，差不多有 1.9 米，站在篮板下，随随便便就可以将篮球投进去。对方有好几个人在防他，但因为老宽身材高大结实，打穿插，搞配合，快启动，三下五除二就能命中，别人很难占上便宜。

在农村，早上就要出工。所以在洄泉村子里，早晨打篮球的，除了几个在外面上学的学生外，几乎没有其他人。小时候，也见过师志毅、邢得祯、陈有雄和张杰武等年轻人，他们有时会在早晨练球。这些在外上学的学生们，包括已经参加工作的，基本上都是早上打球。到了晚上，场上打球的主力肯定不是他们，而是像张延义、鲁延才等中坚力量。

我的记忆中，大概是1974年，洄泉村举办了一次比赛。那个年代，在土里土气的农村，有乒乓球，有篮球，还有象棋，并且都能参加比赛，确实难能可贵。第一生产队和第二生产队的比赛项目是篮球，竞争极为激烈，难分胜负，还打到了加时赛，好像最终一队比二队多得了2分。我还记得，在这次活动中，师志毅哥获得了象棋比赛第一名，我见了他的奖状，贴在我大大家的堂屋里。那段时间，师志毅哥哥心情很好，总是神采飞扬地哼着曲儿，走路也特有精神。

洄泉村是篮球比赛的主战场。像邻村大拉牌村、福禄水村、石羊沟村和马莲水村的年轻人都来过洄泉村，跟洄泉村的篮球队进行过多次比赛。那时，洄泉村的篮球队水平确实不错，队员之间的配合天衣无缝，无可挑剔。所以，他们不到邻村去，只在村子里打，除非邻村的人来到洄泉学习，才有上场竞技的机会。

当时，部队官兵拉练的次数比较多。这样，经常有部队在洄泉留宿，除了自身战备演练外，晚上，解放军也会跟洄泉村的篮球队比赛。我记得有一次，洄泉村篮球队跟解放军篮球队打得难解难分，最后通过加时赛，洄泉村的篮球队获胜。另外，洄泉村篮球队与景泰县石膏矿篮球队定期或不定期也会组织比赛。正是因为时不时有邻村、部队和石膏矿三方面球队，来村里进行训练与比赛，才大大提高了洄泉村篮球队的整体水平。

1972年中秋节前后，在洄泉村的篮球场上，来自大拉牌村、福禄水村、铧尖村、马莲水村和石羊沟村五个村的篮球队组成了篮球联合队，与洄泉村代表队进行比赛。赛事还是非常正规的，为了判罚公正公平，还专门从景泰县石膏矿请了三人做裁判。比赛一开始，洄泉村篮球队就掌握了场上主动权，严格实行"一对一"盯防，打好全场配合。为了提高进攻效率和质量，确保"有球必投，有投必进"的思路，通过张延义和鲁延才两人配合，左递右传，有快有慢，连连得分。上半场，洄泉村篮球队就比五个村联合队多得了40来分。为了锻炼新人，下半场除了车银安继续在场上外，洄泉村换上了几名替补队员。全场比赛快要结束时，个头不高的车银安，在替补队员的帮助下，攻守结合，以快打慢，连续投了十一个三分球，成为下半场得分王，同时也赢得了大家的喝彩。

前些年，每年冬去春来的时候，景泰县都要开"四干会"，就是县上、公社、大队和生产队这四个层级都要有主要领导出席和参加会议。那时候，生活都比较困难，听有些参会回来的队里领导说，这次会开得很好，吃了两次肉，而且还有红烧肉。

1973年，县上召开"四干会"的时候，村子上接到了公社通知，要洄泉村篮球队去县城芦塘，给参会代表进行表演慰问。

这次的慰问表演，洞泉村的篮球代表队真打出了水平，打出了气势，打出了风采。在与县直单位联队比赛中，比分咬得很紧，最后，洞泉篮球队以5分的优势结束了比赛。特别是张延义和鲁延才两个主力队员，技术全面，动作娴熟，技艺超群，体力充沛，深受观众的赞许和喜爱。

"四干"会议结束之后，过完春节，张延义又受景泰县水电工程局邀请，在工程局帮忙组建篮球队。培训工程局的球员时，张延义起早贪黑，踏实肯干，半年后才回到村里。

做板胡

提起洄泉村的文娱器材,除了太平鼓、腰鼓、锣钹之外,其他的都属于个人所有。不论是伴奏的二胡和板胡,还是吹奏的笛子,生产队都不会购置。只有哪个行家喜欢了,真正爱不释手,才会想尽一切办法,通过赊、借、贷等方式把这些钟情的器物拿回家,比对待自己的儿女还要上心,还要宝贝。

不论是唱秦腔折子戏,还是为进行社会主义教育演节目,板胡、二胡和笛子都牢牢掌握在师傅们的手中,别人不可能拿去,也没有人敢去拿。每次演唱前,先要定调子,让不同乐器进行和声,合辙押韵了,音和调才能和谐。调定好后,指挥的手势和眼神就是无声的节拍。

洄泉村的文化娱乐活动离不开陈增俊。

1968年夏,由于拉二胡和板胡的人多了起来,像鲁杰先等年纪小一点的也上手了,乐器就明显紧缺了。在这种情形下,陈增俊决定自己动手,土法上马,给洄泉村制造几把板胡。

白天,陈增俊要下地挣工分,只有晚上,他才能在自家院落里忙活。他先把破碗捣得碎碎的细细的,再用箩儿箩一会儿,箩下去的瓷粉用胶水和成泥状，作为制作板胡的原料。在捣压瓷碗时，村子上有文化的几个人，像师志刚、鲁杰先和王登位等会在旁边听从陈增俊的指挥，打下手帮忙。干上一会儿，累了，陈增俊就用报纸卷支旱烟，兴致勃勃地吸着，偶尔也会给后生们讲些以前的事，惹得大家哈哈大笑。

谁也想不到，在这个农村小院里，这些农民内心里对艺术的追求与渴望是那样的炽热，那样的坚定，那样的不懈。

有时，心情好了，陈增俊一下子做五六把板胡。他制作的这些乐器，演奏出来的声音与商店买来的相比不相上下。他制作的板胡，音色干净高亢，具有极强的穿透力，能演奏出婉转明亮的旋律，也可以表达出深沉、细腻的情感。到了今天，我们也说不出陈增俊到底是在哪儿学会了制作板胡。可能更多是源于他对音乐的痴迷和热爱，让他无师自通。

现在想想，如果要制作板胡，难度还是挺大的，琴筒大小、琴杆粗细、弦轴长短等在当时应该都属于难以精确计算的。

所以，对洄泉村来说，陈增俊是一个具有音乐天赋的人才。特别是他早期不识谱，但令人称奇的是，别人能唱出来，陈增俊肯定能演奏出来。如今，洄泉村里已无这样的能人了，没有那么热爱音乐的人，也听不到板胡或二胡的声音，驻足故乡，总觉得缺了点什么。

教会陈增俊识谱的人是师志刚。师志刚觉得陈增俊这个人品质不错，虽出身贫寒，但乐于助人，富有同情心，所以他每天都给陈增俊教怎样识谱，一遍又一遍，直到他学会为止。

知音，高山流水般的相遇。陈增俊的板胡与师志刚的笛子是绝配，这种天籁之音，不仅让两人在困难时期靠音乐换来了养家糊口的粮食，而且，也渐渐成为洄泉人奋斗向上的精神力量。

修水地

洄泉村在民国时期有不多的水浇地。

在村北的井拐子，即现在有机井的地方，也叫井槽子。因为洄流而至的泉水在这里渐渐渗出地表，慢慢聚集成了一个大水坑。

在村北稍微偏西的地方，洄泉人平整出了一长溜水浇地，种的麦子就比别的地方要好许多，且能旱涝保收。每到夏秋两季，井拐子一带各种植物长势喜人，麻雀飞来飞去，人们在地里挥动镰刀，尽情收割那起起伏伏的庄稼。

后来，天越来越旱，由于水位下降，井拐子一带基本上渗不出水了。井槽子附近的水浇地，由于没有地表的水滋润，逐渐变成了荒滩，只生长一些杂草。

土改时，洄泉人从鹦鹉山开始往下引水，一直越过井拐子往北，在墩墩滩上建起了涝坝。在涝坝的四周平整了大约六十亩水浇地。刚开始，这些水浇地地力肥厚，小麦一个劲儿地往上蹿，那些麦穗又长又饱满，麦秆儿被压得弯弯的。过了几年，墩墩滩里的水浇地就慢慢不长庄稼了。即便种上小麦，也是长得矮矮的，麦穗到了收割的时候都还没有成熟。

不知是谁的建议，说地里不长小麦了，就改种大麦试试。大麦与小麦的营养成分差不多，但纤维含量更高一些。特别是大麦麦秆柔软，可以作为牲畜饲料。开始种大麦时，长势还是比较好的，渐渐地，大麦也不适宜了。我们分析，墩墩滩与井拐子原来的水浇地都是一样的，关键是水的因素。涝坝里的水是咸水，喝进嘴里很明显，当地人做饭时再不用放盐。小时候，我们就喝这样的水，吃没有放盐的饭，丝毫没有影响我们成长。

墩墩滩里的水浇地，种植小麦和大麦以后都出现了不适应，后期更是颗粒无收。于是，洄泉大队听从武威农业处技术人员的建议，改种苹果树。果树种了几年后，为了尽快能开花挂果，村民们又按照专业人员的指示，在果园四周打起了"干打垒"。"干打垒"就是夯筑土墙。又过了几年，在"干打垒"保护下的苹果树依然没有开花，依然没有结果。最终，所有的苹果树都被挖了，全部改种了沙枣树。

沙枣树比较适应当地气候特点。它耐旱，长成了一簇一簇的绿荫，是洄泉村子里不多的景致。我小时候，也正是沙枣树长势最好的时期。到了秋末，那一个个沙枣吃起来特别的香甜。每年冬天，我和同学们都要去墩墩滩，吃那忘不了的沙枣，看那永远繁茂的沙枣林。

洄泉村里的涝坝，水是咸的，喝完肚子会咕咕响。但对于小孩来说，渴了就喝涝坝水，肚子从来不会疼，也没感觉到不舒服。

墩墩滩是我们娃娃们常去的地方，也是最爱去的乐园。因为各家各户都要吃水，两三天就得去拉一趟。在涝坝的源头，先用牛皮兜子给架子车上的木桶里灌满水，然后将车拉到路边上放下。我们三步并作两步，就跑到沙枣树林里了。有时我们拿着弹弓，在树的

泂泉记忆

枝丫间寻找麻雀。"啁啾——啁啾——",它们从一棵树上飞到另一棵树上。很多时候,我们先会靠着沙枣树静静地休息一会儿,接着就是疯跑疯跳。累了,我们也会"走窝窝",两人一组,每个人5个窝窝,每个窝窝里放5个羊粪蛋或者5个小石子,最终赢得的,虽然是羊粪蛋或石头,但心里别提有多开心了。

泂泉村里,所有的沟沟岔岔都是靠天吃饭的旱地,除了墩墩滩外,就再也没有水地了。

1974年,景泰县人事局局长到泂泉村进行社会主义教育活动。这个局长名叫党茂芳,也是陕西人。当时,留着个小分头,中等个儿,皮肤白皙,有支钢笔插在胸前的口袋里,很有文化的样子。

党茂芳好像承包了泂泉村,就住在第一生产队的公房里,吃饭是到各家吃派饭。党茂芳局长在泂泉村待的时间比较长,大概有一两年,经常见他在村子里指挥大伙儿劳动。我印象比较深的是,寒冷的大冬天,党茂芳从来不戴帽子,只是围个围巾。这种打扮在当时的泂泉村里很是与众不同。

党茂芳与泂泉村还有着比较深厚的一层关系。1949年以来,农村开展过的各项运动名目太多,泂泉村的人早已忘了。但对党茂芳,泂泉村里年长一些的人,都能记住他。

党茂芳率领泂泉村的广大社员,在井拐子原来渗水的地方打出了机井。然后又修了一条比较高的土坝,将机井里的水抽到大坝上修建的水渠中,最后浇到井槽子那些平整后的地里。

现在,我猜测那时的党茂芳是不是因为犯了错误,被下放到农村来的。不然,党茂芳在泂泉村里为啥待很长时间,难道局里的公事用不上他，单位也从来不开会？反正党茂芳每天都在，每天就在井拐子或井槽子里，同社员们一起拉砂，一起运土，一起平地……他真是个好人，与农民一起同吃同睡同劳动。

党茂芳话比较少。不像别的驻村干部，除了说大话，具体事儿都不做。听村子上的老人讲，党茂芳的乡音未变，陕西口音很浓。他很有魄力，想好的事，就一鼓作气地去做，从不拖泥带水。

在打机井、修大坝、平田整地的过程中，党茂芳亲力亲为，率先垂范。那时候，大寨是农业战线上的一面红旗。全国都在学习大寨，洄泉村也不例外。党茂芳利用农业学大寨的有利时机，组织了铁姑娘班、优秀民兵队和冲锋突击队，激发和调动了广大农民的积极性、主动性和创造性，让大家心往一处想，劲往一起使。

尽管井槽子里的那些旱地经过规划，平整出了60亩水浇地。但是，由于水是咸的，盐碱含量高，浇在地里会有白白的盐渍，根本长不出庄稼。所以党茂芳实施的"水浇地"工程从开始就注定是个败笔。

直到现在，那个环形的大坝还在，弯弯曲曲的，像条冬眠的蛇。但不管怎样，我觉得，这表现出了洄泉人不靠天不靠地，自力更生的一种精神境界。

党茂芳后来好像调去白银工作了，我再也没有见过他。如果见了，我可能还会认出。他那飘逸的头发以及直挺挺的腰板，一直浮现在我的脑海。

扫盲

泂泉村在文化娱乐活动的拓展上可以说是后劲十足,潜力无限。

在泂泉,通过吼秦腔,演社火,唱小曲,活跃和丰富了人们的生活,鼓舞了群众士气。同时,陈增俊的二胡和板胡拉出了乡音,打破了山村的寂静,加上依据李福老汉编写的唱词,加速了泂泉村扫盲运动的进程,使目不识丁的农民从此不再是"睁眼瞎"。

扫盲运动是指扫除文盲的运动。扫盲运动始于20世纪50年代初,一直持续到60年代初。10年时间,先后出现过三次高潮,有不少人摘掉了文盲的帽子。

对于泂泉村的农民来说,认真学习文化知识,掌握一些必要的读写能力,绝大多数农民是愿意的,也是乐于接受的。

从宁夏贺兰县来到泂泉落户的邢家老汉邢元,也属于扫盲对象。老汉很高兴,从来没有上过学堂,也没有拿过笔,现在公社专门派人来给他们这些文盲上课,邢家老汉就很激动,逢人便说:"你看那玩意怪不怪,上面是个二,下面是人的腿,就成了一元两元的元了,神了呀。"学了一些简单的字之后,邢家老汉动不动就批评他的小儿子,也就是我们班的邢得才,让他要好好学,认识多多的字。

师志刚回忆，大约在1956年到1957年间，洄泉村才开始了大规模的扫盲运动。

在洄泉堡子，我大大家的东房子是我父亲住的地方。东房子的墙壁是黑褐色的，这是长期烤火填炕留下的痕迹。白天，我父亲赶着羊群出门，在大洄泉沟、野狼沟、左岔和右岔等各个沟岔里放牧。晚上，回到家里，饭后，父亲总要跟我大大闲谝一会儿才睡觉。

扫盲运动开始后，我父亲积极主动，很投入，学得挺认真。东房的墙壁上，到处都有我父亲学习写下的字，有他的名字郑喜德，还有筐、羊、爸和妈一些字。师志刚觉得，我父亲心细，字写得也好看，确实是下了不少功夫的。

这是父亲第一次系统学习，很珍惜难得的求知机会，父亲虽不脱产，但对识字绝不敷衍了事。

那时，每个生产队都将四五个农民划分成一个学习小组，利用晚上进行学习，达到巩固、完善和相互促进的目的。我记得，我妈妈参加的学习小组学习热情很高。薅草是农村的日常工作，她们一开始便学习"薅草"的"薅"，这个字很难，笔画多，结构复杂，我妈妈最终也没学会。

当时，洄泉大队根据扫盲工作情况安排，在年终，要进行社会主义路线教育文艺会演。讴歌扫盲运动是一项重点内容，带着剧情的《兄妹开荒》《夫妻识字》等节目深入人心，那些经典对唱，语言较为朴实，通俗易懂，深受洄泉村村民的青睐。

以学生带农民的模式是"以民教民"的升级版。在抓好自身扫盲学习的同时，农民们也在一定程度上督促了孩子们，使这些娃娃们学得更认真，也更刻苦了。因为，只有学生们自己先学习好了，才能帮助和辅导家长们，确保大人们不掉队。

  客观地讲，扫盲时期，洞泉村里出现了许多既抓劳动又抓学习的好夫妻，也涌现出了一批共同进步的好父子、好母女。正是如此，扫盲运动在一定程度上推动了洞泉村文化的进步。

打平伙

我始终觉得，洵泉村里最美好的一件事，就是打平伙。

这种凑份子的聚餐形式，在打牙祭的同时，也解开了矛盾双方心里的疙瘩，进一步融洽了邻里关系，达到了凝聚、团结、友善与和睦的目的。

20世纪六七十年代，洵泉村由于干旱少雨，土地收成少，生活极其困难。但是这个村庄一直存在着，它延续与维系的精神还在，且推动干旱山区不断向前发展。

打平伙多是下雨天，或者落雪天。因为在这样的天气里，农民们就算是给自己放假了。只有这样，洵泉村的农民们才能休息一下身子骨，伸伸酸楚的老腰了。

早先，洵泉村里的打平伙已经形成了一定的规矩。只要村子里的任何一家男人，遇到合适的天气，有几个人在一起，喊叫一声"打平伙"，平伙基本上就打起来了。

打平伙的地方是非常有讲究的，地点就在庙儿湾。

洵泉的村庙都建在庙儿湾，这也是庙儿湾的来历。也许，洵泉村的人们觉得那里很洁净，也很庄重。在此地打平伙了，参与的都

洄泉记忆

有份儿，高洁纯正，神清气爽。

洄泉村里打平伙杀的羊，主要有两种，一种是长满3个月的羊羔，这时的羊羔毛大约有一寸左右，羊皮就是二毛皮；另一种是已长满一年的羯羊，极其肥硕，肉比较多。

洄泉村里的打平伙，无论是二毛羊羔，还是大羯羊，吃法大致相同。首先是喝羊汤。羊肉熟了后，捞到大筐子里先晾着，将那些漂着一层油花花的肉汤，放些葱花和香菜，如同琼浆玉液般，给打平伙的农民们人手一碗。将剩下的肉汤再加点水，开始将洋芋、白菜和绿萝卜一起倒入锅里炖煮。与此同时，把捞到筐子里的羊肉用手撕下来，放在大案板上，骨头再扔到锅里熬制。不一会儿，菜熟了，给刚喝完汤的人们每人盛上一碗菜和几个骨头，手拿死面饼饼就着吃。最后就是吃羊肉了，将肉肥瘦搭配，平均放在每个碗里，打平伙的人们即可狼吞虎咽，大快朵颐。

打平伙的时候，住的离庙儿湾近一些的老人，也有可能是打不起平伙的，会在附近转悠着。负责掌勺的人，在宰羊时要把羊血留下并撒上一点盐，再放上面粉，在盆子里不停地搅拌均匀，将肠肚洗干净后，把盆子里的血面装到羊肚子和羊肠子里，放到另一个锅里开煮。掌勺的会给每个碗里都放些羊杂，打平伙的人喜欢吃，也给那些打不起平伙而来到庙儿湾的村民，还有家里有老人的都送上一碗，解一下馋气。

在等待羊肉煮熟的空闲，打平伙的人们打着牛九纸牌，翻顶着帽子，笑声一阵高过一阵……那些闹了小矛盾的人们，酒酣耳热了，话也说开了，疙瘩也就解开了。应该说，打一次平伙，情绪就好了，路也宽广了，这就是"相逢一笑泯恩仇"。

家上十口，吃饭雷吼。打平伙开始后，从肉熟了捞出，每个人一碗羊汤起，现场再也不会安静下来，说话声，嬉笑声，小曲声，秦腔声，热闹非凡。尽管只有盐、花椒和葱这些调味品，但是羊肉、羊汤的香气一直在，一直留存于庙儿湾的天地之间。

洄泉村里的陈麻子，无论什么时候打平伙，也不管哪些人在打平伙，他都会闻其味而至，眯着眼笑嘻嘻的，自然是少不了一碗羊肉的。

打平伙不仅是一种生活态度，也是一种情感交流的方式，更是一种思想教育。有一年，鲁杰先的父亲当打平伙的掌勺者。当羊肉放在锅里，撒上盐、花椒和葱花开煮时，鲁杰先的父亲用毛巾擦了擦汗，手里拿着铁勺，就开唱了："你出油盐我掌锅，谋生在外打平伙，张三搜钱购羊肉，李四掏款买馍馍，锣靠鼓呀鼓依锣，洄泉村里善事多，如果有人想起了，一事讲究百事和……"老汉唱的时候，好多人就跟上应和。

这些说唱，营造出了一种欢乐的气氛，更激发了大家抱团取暖的决心。发自肺腑的和唱声，长久地回荡在庙儿湾，浸润在打平伙人们的心里，滋润着洄泉村的祥和、宁静和悠远……

洄泉不大,
但在我的心中,就是天堂。
这里,永远积蓄着我的陈年旧事,
堆积着想起来就幸福的过往。

第五辑 想念洄泉

洄泉是郑天敏生命的原点，是无数同心圆不变的圆心。

想念故乡，不需要铭心刻骨的誓言；思念故乡，不需要海誓山盟的承诺。故乡是每个人无拘无束的天堂，是奋发向上的人瞭望远方的起跳板。

故乡是什么？其实，故乡是另一种意义上的母爱，给人生命，给人力量，给人安慰，是漂泊在外的游子心灵的港湾，是翱翔蓝天的雄鹰疗伤自愈的窝，是驰骋疆场的战马凯旋的大本营。

一片热土，足以承载乡音。

乡情旷日持久，如陈酿的酒，能抗衡时间。想念故乡的感觉是清清的花香，是淡淡的愁怨，是浓浓的怀旧。

"望阙云遮眼，思乡雨滴心。"诗人白居易的总结很经典，深情而亲切，一如微风吹过原野，细雨润泽田畴，阳光普照万物。

郑天敏不愿做游子。无数个夜晚，他在桌前敲打着无眠。他终于不去四处漂泊，再也不去浪迹天涯。此刻，他伏案写作，正用文字梳理着故乡的原野与家园，注解着内心无限的依恋……

土地

洄泉村里的土地较多。

从南面由远及近,依次是宋家地沟、野浪沟、小洄泉沟、大洄泉沟、楚家沟和野狐岘。这六条沟里,基本上全是土地。此外,没有环山的西面,一直到北面的墩墩滩上,都是起伏不大的小丘陵,分布着洄泉的砂地。

砂地也是洄泉村土地的重要组成部分,是干旱地区人们保墒下苗的保障地。遇到天旱,这些砂地依然能够生长粮食。以前,无论是第一生产队还是第二生产队,种瓜种菜,大都集中在这一带的砂地里。

受水资源的影响,洄泉村除了墩墩滩上有六十多亩水浇地之外,就再也没有水浇地了。最早开始的时候,这里种过小麦和大麦,但长势逐渐衰退。到了后期,墩墩滩上基本不长庄稼,偶尔长出来的,也是矮矮矬矬一簇簇,不但没有长相,而且根本成熟不了。到20世纪60年代末期,村子里就不再种植水浇地了。在这片泛出盐碱的地里,有一片一片的白霜,茫茫无际,可见土壤中盐碱的成分有多重!为了保护水源地,洄泉村决定在涝坝周围培育大量的沙枣林。沙枣树是一种抗旱耐盐碱的植物,到了夏秋季节,墩墩滩里也是绿树成荫。

在沙枣树生长的过程中,那些红柳白刺,也一股脑儿地在地埂旁长出,增添了绿意。野鸽子身上灰白相间,它们就在红柳丛里生蛋孵小鸽子。秋天时,小鸽子就"扎吧——扎吧——"开始行走,穿梭于各种植物之间,清脆的叫声,憨憨的姿态,笨拙的步子,显示出了顽强的生命力。我跟张延满在墩墩滩的涝坝里拉水,将车子停放在路边,在红柳丛里,我们见过小小的麻雀,通体没有毛,红扑扑的,我们只是近距离地观看,没有往外掏过。

洄泉村的西面,靠近大拉牌村和福禄水村,那里是铺压了几十年的老砂地了。砂地是用小石子铺在地面上,可以有效地阻止阳光照射,能够较好地起到保墒的作用。

据《甘宁青史略》26卷记载:"甘肃旱地铺压砂田以保墒抗旱,始于清咸丰年间,创始者不知其为何人?在当时的永登、古浪、景泰县一些旱滩地铺压砂田多变为膏腴。砂之种类不一,以石子砂为最上,石片砂次之,细绵沙又其次。砂之功力仅耐三十年左右,则要清除旧砂以更换新砂,劳费甚巨。"

洄泉村里有一种说法,砂地是"挣死老子,吃死儿子,饿死孙子"。这说明:父辈压砂地非常劳累,平时人抬肩扛牲口拉,有时遇上砂窑塌陷,采砂就有危险了。到了儿子这一代,砂地属于新砂地,正是持续生长的时期,不论老天下不下雨,肯定都会有个好收成。等到几十年之后,儿子老了,孙子也长大了,但这时候的砂地就是典型的老砂地了。由于缺乏地力,很难再有供植物生长的后劲。

小的时候,每年生产队里都会安排铺压新的砂地,也是为了尽可能地保证广大村民吃饱饭。从西面丘陵到墩墩滩，老砂地与新砂地穿插着，一片连着一片，这也是泂泉村里独特的风景。

从1956年开始，景泰县在泂泉村北面的龙山筹备石膏矿主产区。从石膏矿主产区往北，有大片的土地，这里没有铺砂田。龙山脚下，有一些土地可以利用，天偶尔下雨，墒情好的话，第二年开春能播种一茬小麦。

如果龙山以北的土地耕种了，说明上一年风调雨顺，种在地里的庄稼生长态势会非常好，麦秆直挺挺的，穗头又粗又长，麦浪一波高过一波。金秋时节，那里就是金黄金黄的一大片。

从龙山往泂泉村里走，大致需要四十多分钟到一个小时。泂泉村的北面，大都是起起伏伏的山脉，山不是太高，但全部是石头山。翻过一道梁，也就是中沟梁以后，一片比较开阔的沟岔就出现在眼前。中沟梁里，土地很肥沃，但必须要有雨水才能长出生机勃勃的禾苗。梁的左边，有棵老榆树。小时候，三四个人手牵手都合不拢。中沟梁里是生长艾蒿的好地方，许多山坡遍地都是。因为我奶奶给小孩看病，需要点着艾蒿灸在娃娃们的穴位处，秋天，我就会跟着父亲在这里采艾蒿。

从最西面的宋家地沟开始，包括大泂泉沟、小泂泉沟，以至野狐岘，全是泂泉村里比较优质的土地，土层较厚且肥沃。泂泉的沟里没有砂，所以，砂地都不在这儿，连一亩砂地也没有。这些沟岔里的土地，平常非常本分，只是静静地躺在那儿，没有一丁点儿言语。只要太阳升起来了，它们总会被照耀得清清楚楚，让人莫名生出一种舒坦与畅快。

在大洄泉沟里，走到一半路的时候，沟岔向右面伸了进去，行人一般直接翻越不高的小山，就会跟沟里的土地又相逢了。不知从什么时候开始，来来往往的人们习惯捡拾一些小石头，路过时扔在小山两边的石头堆上，有点像藏族同胞聚居区的玛尼堆。

其实，石堆里的每一颗石头都是洄泉村村民发自内心的祈愿，希望它可以避邪驱灾，保佑平安。有时候，我们小孩子也坐在小山上，看看前面，再瞅瞅后面，觉得在大洄泉沟里很是幸福，也很惬意。天上，没有一丝云彩，那种蓝呀，像刚从水里清洗过一样，湛蓝湛蓝的。地上，各种各样的植物吐故纳新，用叶子或身段，抚慰左右。有时，她们会专注地凝视大地，含情脉脉。

楚家沟，就在村子的南头。原来，姓楚的人家在这里置有田地。后来，楚家人搬走了。据老人们讲，楚家人好像去了别的村子。在洄泉村的各个沟岔里，楚家沟的土地是最少的，大约仅有二十多亩。楚家沟的南边到了小山脚下，北面就跟村子上的人家连在一起，像韩长福家就在沟口。楚家沟的地几乎每年都能遇上好雨水，它连接着南面的山沟，加上土地比较少，所以，只要下雨，这里的田地都能浸润个透。进入夏秋时节，东、南、西三面石头山上的雨水就会顺着地势，全部流淌到地里。

大概在1970年，楚家沟里种过一次麻子，长得特别好。如果人进到地里，会被麻秆遮得严严实实，根本看不清人影。我和代元信，还有韩家补娃，偷偷藏在楚家沟的麻子地里玩耍。就是这次，发现了一个现象，苦子蔓本来是一堆一堆生长的，趴在地上，但在楚家沟的地里，这种簇拥着的植物却像麻子一样，笔直笔直地长着。长大后，自己看了好多书，才知道了"蓬生麻中，不扶自直"的含义，才懂得苦子蔓要吸收阳光，只能在麻子堆里奋力争取，永不言弃，方可成活。

说起洄泉村里的土地，我总觉得野狐岘沟不能不提。因为它由西向东的走势，无论下多大的雨，村子上的人们都看不见，也感觉不到。由于野狐岘沟口比村子低了许多，沟内如果下雨，水就会顺着地势，一直往东，流到中泉公社的野狐水村了。

野狐岘沟里的土地属于优质地块，早在晚清时期，沟里的左岔和右岔就是种植罂粟的地方。

我小时候，夏天会背着妹妹到生产队劳动的地方，让母亲给妹妹喂奶。有一年，连续去了好几次野狐岘，母亲就在那儿的地里拔麦子。人走在地边上，觉得这个沟好远，离村子不是一点距离，而是特别遥远。地里的粮食长得非常好，差不多有一人高。

正因为野狐岘沟远一些，不像野狼沟和宋家地沟，也不像大洄泉沟和小洄泉沟，去的次数那样频繁，但作为洄泉村的一方热土，我依然想念它⋯⋯

植物

洄泉位于甘肃省的中部干旱区域。

洄泉村里，大一些的植物几乎没有，红柳、白刺和骆驼刺只是生长在墩墩滩，生长在原来的咸水水浇地里。小一些的植物，像芨芨草、野葫芦、猫儿刺等，还是比较多的，主要分布在各个沟岔内。还有一些能够食用的植物，像野韭菜、沙葱等，会在野滩里生长，遇到雨水好的时候，生长非常茂盛，洄泉人们会采摘回家，当作蔬菜吃了。

提起洄泉村的植物，自然少不了墩墩滩。

墩墩滩在洄泉地势较低的地方，位于村子的北部。所以，涝坝就修建在墩墩滩上，水质发咸。一般植物，浇水之后会萎缩枯黄。但红柳与白刺，还有芦苇和碱蓬，却一团团茂盛，一簇簇蓬勃。在涝坝的右手，地势比左手高了不少，疯长起来的野葫芦，很粗大，长得有点变形。涝坝池子往下的墩墩滩，由于咸水灌溉，植被还是不错的。

那些在洄泉别的地方见不到的植物，也会不停地乱生乱长。像铁角草，它带着许多尖刺的藤蔓只要稍微长一些，就会扎进地里，拔都拔不出来。由于它身上多刺，人们不敢用手去抓，会用镢头连根挖出来，便是很大的一团。墩墩滩里烧土豆，多用的就是铁角草。

靠近洄泉村西面的砂河里，芨芨草到处都是。春天一来，芨芨草开始发芽，叶子细长细长的，远远就能看见绿荫。整个夏天，芨芨草自由生长。进入秋天以后，洄泉村里那些放羊、驴、马的，就开始关注芨芨草了。有时，他们会站在一团一簇的芨芨草前，从根部开始，眼光轻轻往上移，一直到最上面的穗头，心里会有好多想法，开始盘算起来。

到了十一月份，芨芨草就成熟了，可以一根一根拔出。由于长期缺水，其根部的土质特别硬，拔的时候，手都能拔肿，有时不小心会把指头勒出血。芨芨草拔下来之后，在上面浇上水，浸泡几天，就可以编制背篼或筐子。遇到做扫帚时，不用淋水，将芨芨草根部塞到铁箍子内，箍紧即可。除了村西的砂河之外，芨芨草还会分布在沟岔里，在地埂上大簇大簇地生长，高高耸立。有时我们会跟着大人们去沟里，一根一根地拔芨芨草，大有收获。

洄泉村的各个沟岔里，都会有马刺和猫儿刺。马刺比较大，根部比别的植物粗，它的每个枝丫都非常坚硬。我们小时候到山里挖柴，基本上都不挖马刺，因为它有刺，很容易扎人，背在身上极不舒服。猫儿刺相对要小一些，它的枝丫是软的，身上长的刺也没有马刺那样多，零零散散。

这两种刺，大多是一团一簇地长在一起。有时，这儿全是马刺，十几棵都是一样的；有时，那儿全是猫儿刺，前后左右都是。从四月份开始，这两种刺上都会开一种花儿，花形比较小，每年都会有的。

马刺开的是"斜个个"花儿,有小拇指那么长,颜色是黄色的,有一种淡淡的甜香味。猫儿刺开的是"毛个个"花儿,颜色也是黄色的,个头比"斜个个"高大。我们会找一个短短的芨芨秆儿,把"斜个个"和"毛个个"分别穿上,有的像是梳子,有的像是篦子,很是逼真。拿回家后,一般会放在水缸里,在水面上轻轻漂着,过上几天还是很新鲜。每天吃上一串,也算新鲜水果,心里自然就高兴了。

洄泉沟岔的山上,大多生长着驴驴蒿、针茅、珍珠和盐爪爪。这些属于荒漠和半荒漠植物,基本上就是旱生和超旱生的草本以及耐盐的灌木。它们枝干很细很长,叶子又尖又长,有些还带有针刺,像针茅和猫儿刺那样。驴驴蒿也是一种植物,在洄泉村里随处可见。每年春天,驴驴蒿就泛青了,到后面便是发绿。它没有过多的叶子,只是长长的几条细枝,会一直盘旋在主干部分。

有时候,我觉得驴驴蒿挺伟大的。在干旱少雨的环境下,它还能生长,并且好像还在追求茁壮生长,不断地充实自己。仿佛有人指挥一样,它知道从哪儿弯曲,一弯一曲,曲曲折折。小时候,我们放学到了山里,爱挖的大多还是驴驴蒿。由于是盘结在一起的,挖出来后看起来比较硕大。驴驴蒿很温婉,挨在身上也不会扎人。在灶火里,驴驴蒿烧起来火势很旺,一朵能燃烧好长时间,无论烧水还是做饭都很顶用。

盐爪爪是洄泉村子周围山上比较普遍的一种植物。它的名字很形象,比较矮短的爪爪大体上有五六个,均匀地分布在四周,远远看去,看不出来有什么叶子的。就像它的名字一样,本身是带有一定碱性的。放在嘴里,有一种苦苦的味儿。将盐爪爪挖下来之后背

洞泉记忆

回家里，在院子里摊开晒干，大人们会一层一层码起来，留给厨房当柴火。燃烧的时候，盐爪爪会"噼哩——啪啦——"响，像放炮一般，火苗很旺。可能是含有盐分较多的原因吧。盐爪爪的火力极强，塞上一把，能着好长时间，做饭或烧水，用量可能不到其他柴火的一半。

洞泉村里的小娃娃们都知道有这样一首歌，就是唱盐爪爪的："盐爪爪呀爪爪盐，一栋盐爪不值钱，只要放到地上晒，火力能顶半个天；盐爪爪呀爪爪盐，放进嘴里只有咸，倘若没有盐爪爪，蜜蜂飞来比蜜甜。"那时，我们唱这首盐爪爪歌时，两个男娃娃一组，要把对方的一条腿抱在怀里，两个人边唱边捣，谁把腿松开了，或者跌倒了，就算谁输了。

洞泉村上的植被虽然不是太多，但它分布在村子里的各个角落。有时候，我觉得正因为它们的存在，才使洞泉村更富有生机与活力，让这个村庄永远存储着一种精神，一种追求善良、向往美好的精神。

洞泉村口，有洞流而至的泉水，当地人在这里栽了不少树。后来，成活下来的只有两棵，均是榆树，很巍峨，很苍劲，高大挺拔。走出洞泉的人们，一直怀念这两棵老榆树。如果远远地看见了老榆树，心瞬间便踏实了，这也意味着到家了。

龙山脚下姚铁匠家门口的桃子树，村子中间张相孔家的杏子树，大洞泉口上张延满家的沙枣树，还有冯趟里王登位家的老柳树……在那个年代，这些树像雕塑，引领和支撑着洞泉。现在，这些树木早已不见了。目前，村子里的房子都建好了，建漂亮了，但像一个模子倒出来的，少了洞泉村子以往的绿色与生机，也就没有了昔日的博大与包容……

第五辑　想念洄泉

庄稼

洄泉村地处景泰到兰州的公路边上，交通便利，到了井拐子，便是村口了。站在路边看，洄泉村只有西面丘陵布满了一片连着一片的砂地。除此之外，看不到任何土地。

其实，千百年来，洄泉村一直不缺田地。山沟里那些广袤的土地，还有那一茬又一茬的庄稼，就是洄泉村延续下去的根基。

砂地是洄泉村人抗击干旱的一种智慧选择。干旱少雨的地方，一旦下雨，雨水到了砂地，就会渗进砂子底下，蓄入土壤里。太阳再照射时，上面有一层厚厚的砂子阻隔，土壤仍能保持足够的墒情，确保庄稼的播种与收获。

我们小的时候，洄泉村里的砂地，主要是第一生产队和第二生产队的瓜菜园子。由于要轮地换茬，每年瓜果园子不是一成不变的，但就在那一片片砂地之间，今年可能在南头，明年也许就在北头。

除了瓜菜园子之外，砂地里还种植着糜子。糜子属于干旱地区的农作物，它的果实经过碾压去糠，就是金灿灿的黄米了，也是洄泉人做糁饭的主要食材。除了做糁饭外，黄米晚上还可以熬成米汤，就着饼子或馒头吃，胃里很是熨帖。

洄泉记忆

洄泉村里，小麦播种完以后，大概有半个多月，也就是清明以后，糜子就开播了。播种的时候，遇到砂地太干旱，农民们把耧收拾利索，将籽种装到口袋里，就坐在门口，不时看看天空，等待着下雨。

生产队里的老农们，坐在院子里的台子上，一边吧嗒吧嗒抽着旱烟，一边紧盯着那些飘动的云彩，眼都不敢眨一下。只要有下雨的迹象，他们会互相吆喝上一声，肩扛着耧，牵着牲口，三步并作两步，很快就来到砂地里，等待落雨抢种。那些年，收拾好农具，等着下雨是一种常态。

糜子是一粒种子长出的独苗。倘若遇到雨水好时，它的根部会奇迹般地生发出四五株，甚至十来株枝干。农民们把这种现象叫作"发作"。"发作"之后，一株糜子就变成了一嘟噜一嘟噜的果实，谁看见都非常高兴。有时，在井拐子往西的砂地里，老农们会走进地里，用手搬开秧苗，仔细查看糜子的"发作"情况，哪怕发现一处，他们的嘴角都会马上上扬，喜悦之情溢于言表。

我们成长的那个年代，糜子同小麦完全一样，是主粮，是每天必吃的糁饭原料。只要早上吃了糁饭，洄泉村的人们，不论是干重活的农民，还是上学的娃娃，中午就简单吃点，一直要坚持到吃晚饭。

做糁饭时，首先要根据吃饭人数给锅里下黄米。等到锅开了以后，用木勺把沫子舀掉，把锅盖开道缝儿，防止汤水滚开溢出。黄米快熟之后，把汤舀到盆子里，给锅里撒点盐，再在黄米上铺上一层面。有白面的，也有黑面的，还有苞谷面的，将锅盖盖严，蒸上大约十分钟后，用木质的糁饭板子顺一个方向，使劲在锅里不停地搅动，要反复搅好长一段时间。"糁饭若要好，三百六十搅"，洄泉村人说的这句话可是经验之谈。

另外，有的糜子在吐穗时，会长出一种黑黑的东西，我们叫作灰穗，或者火穗。其实这是一种病害，学名叫丝黑穗病。但在以前，我们都喜欢吃，还用它把自己的脸画得五麻六道。特别在瓜地旁，用灰穗乱画，根本认不出来面相，即便是被看瓜老汉抓住，他肯定不知道这是谁家的娃娃。

除了糜子之外，适宜在洄泉村里种植的，主要就是小麦了。洄泉村所有的沟岔里，没有一块砂地，全是厚厚的土地。大洄泉沟，是我去过次数最多的地方。可能因为离我家比较近，家就在庙儿湾的东侧。那时候，每天放学，我们都要走进山沟里，不是拾粪，就是挖柴。放学后，我哥也会去干同样的活，但我们俩基本上不会一起去的。哥哥在的话，我觉得不自由，说起话来压抑，没有跟同学们在一起时那样快乐。

大多数情况下，我和代元信，或者邢得才或者张延满会去大洄泉沟里。大洄泉沟里，麦子长势喜人，就是还没成熟。有时，我们会偷偷摘上些麦穗，再钻到山里悄悄烧麦子。总归是偷，加上胆子小，半生不熟时，赶快装进肚子里，留下的证据就是黑黑的嘴唇。

野狼沟名副其实。民国年间，有一年秋天，村子上有人到野狼沟挖柴，天还没有完全黑下来，打柴的人用绳子把柴捆好，坐在边上休息。突然，听到背后有响动，就是动物张着嘴，大口大口喘气的声音。打柴的人自己感觉头发在动，惊得大声喊了起来，吓得后背全是冷汗。等到他转过身子，发现群狼就在不远处，眼睛死死地盯着猎物。后来，村子里的很多人也在野狼沟发现了狼，不是一只两只，而是有很多只。

大约1971年，野狼沟里的土地全部被洪水淹了一遍。第二年，生产队就在那里种了小麦，长得十分茁壮，高的能盖过一个成人。我和邢得才，还有"老懵"代元信，从西面砂地里偷吃完瓜后，专门去了野狼沟。因为瓜吃得多，我们三个人坐在山坡上看着那一沟的小麦，开始了没有边际的胡诌乱吹。那时候，我们还是上学的小孩子，去了很多次野狼沟，但没有见过狼，倘若遇见，估计也跑不脱。

洄泉村里的庄稼，除了小麦和糜子，还有其他品种。只是间隔种植，并没有形成气候，像麻子、荞麦、扁豆等。

荞麦是凉性的，荞面可以做凉粉。五月端午，洄泉村里家家户户都要擀凉面，做凉粉，蒸包子。先是吃上一碗凉面，再开始调醋捣蒜泼辣椒，再吃一碗凉粉，那心情，颇为舒畅。

值得一提的是，洄泉村里的荞粉，晶莹透亮，圆润光滑。有一年，我姥姥从沙塘子来到我家，正好遇上了过端午节，我妈擀了凉面，还做了荞粉。多年以后，我姥姥一直在说，还是洄泉的凉粉好吃，味道香软，却很有嚼劲儿。

饮水

洄泉乃洄流而至的泉水之意。

最早,从鹦鹉山开始,一股水顺着山峦往下流。经过大洄泉沟和小洄泉沟的沟头,然后就拐向了楚家沟,再继续往前流。这股水从冯淌里向北流,再顺着山傍里,一直流向了井拐子。在井拐子地势低洼的地方,泉水便渐渐涌出了地面。于是,这个地方就被叫作洄泉。

后来,建起了洄泉堡子。堡内面积不大,村民们将烧过的草木灰固定倒在堡子外面的西边,灰堆越倒越高。外来的人,看见洄泉,首先看到的就是这个灰堆,叫成了谐音"灰圈",一直沿用好久。王永堂在白银市委农办工作时,我们两人一起说过好几次,看能不能通过两会代表提案形式,让景泰县恢复"洄泉"这个村名。

在清代,井拐子处的泉水充盈且清澈见底。那时候,喜鹊和鸽子都会从村子里往北飞,因为北边不远的地方就是井拐子。后来,井拐子建起了机井,人们去墩墩滩拉水的少了,饮用水大多都去村口拉。

那时候,洄泉村的人们吃水都在井拐子。每家每户的厨房里都

洄泉记忆

放置了一个大瓷缸，有的还放置了两个，或者额外加一个瓷盆用来盛水。瓷缸里或者瓷盆里快没水的时候，人们就用架子车或赶着驴去驮水。来回的路上，人们的心情特别好。遇上一起拉水的人，会开心地说一些家常以及村子里发生的新鲜事儿。也有的人，嘴里哼着小曲儿，跟在驮水的驴后面，双手倒背着走。

靠近井拐子的那一片，土地比别的地方要湿润许多，远远地就能看见潮气，各种植物显得很葳蕤。尤其是地上的蒲公英，洄泉人又叫"黄花郎"，那紫红色的叶柄顶端，开着小小的黄花，籽儿就像小小的降落伞，无论从哪个角度看都是白茫茫的一大片。我们路过时都要去采摘一些，那细长细长的秆，有一种甜甜的味道。井拐子的水是咸水，村人吃饭喝汤，主要靠的就是这儿的水。

从井拐子往西一点，大概不到500米，就是洄泉村的甜水井了。从地质构造上看，甜水井要比井拐子的出水面深了近30米。由于气候原因，先前庙儿湾后面的甜水井渐渐变得干涸了。村人为了寻找甜水，从邻村的鹦鹉山往东北方向，开始沿着砂河每十米挖坑掘井一次。洄泉村在西面的砂河里到底挖了多少口井，谁也说不清。小时候，我们下过废弃的井，抓鸽子或麻雀，估计至少有40多口。最终，在井拐子以西不到500米的地方，打出了一口甜水井。

刚开始，人不用下到井底，直接在井口用绳子往上吊就可以了。甜水井是洄泉村老人们的希望。因为喝茶只能用甜水，而不能用井拐子里的水。茶本身就有苦味，如果用井拐子里的咸水，熬出来的茶就特别苦涩，难以下咽。

在我的记忆里，从甜水井打水就要下井。打水的人们必须下到井底里，用马勺往皮兜子里舀，舀满了将绳子拉一下，井口的人就知道要往上提水了。

人都是有自尊心的。奶奶家要喝甜水，就知道了我存在的价值。当时，我跟奶奶赌气，奶奶必须让我吃些好吃的，再也不骂我了，我才乐意去帮她拉甜水。

后来，慢慢长大了，我才觉得这是秉性所致。就像我奶奶和我，压根儿就不是一条路上的人，脾气和性格根本不投。以前，奶奶当着我的面说过一句话："绑住的娃娃好挨打。"现在想，可能说的正是这个道理。岁数渐渐大了，我也不停地反思，自己以前也有不对的地方。提到孝顺，应该先要顺，就是要顺着老人们的心愿。我因为年幼，脾气又不是太好，没有顺着奶奶，所以与奶奶关系一直比较紧张。

墩墩滩里的涝坝，也是洄泉村里的另一处水源。从村子西南端的鹦鹉山一直挖到墩墩滩，应该说，确实费了很大工夫才将涝坝建了起来。村子上的人们，会拉着装有大木桶的架子车往家里拉水，也有赶着驴来驮的。

墩墩滩的涝坝，泉眼出水量很大，却也是咸水，好像两天就能聚满满一大涝坝。

中午，太阳高悬时，村子里的年轻人三五成群，什么都不用穿，就下到涝坝里游泳了。

我见过大一些的人，像师志毅、张杰武和陈有雄等，也经常在涝坝里游泳。有一次，师志毅下到涝坝最深处，一会儿仰着，一会儿趴着，看着特别潇洒。涝坝底里有玻璃碎片，是打烂了的酒瓶子，

洄泉记忆

师志毅不知咋弄的，脚底上被玻璃扎了，扎得很深，出水面时，涝坝里一团血红。他休息了好长时间，每天用纱布包着，走路都拄着个拐。那时，我们还是小娃娃，涝坝中间比较深的地方是怎么也不敢去的，只是在边上较浅的地方玩耍，一般就是狗刨，扑腾一会儿，就算游过泳了。

说到饮水，洄泉村里还有一种水源。冬天，从西伯利严侵入的寒流真的太冷了，人们嘴里呼出来的热气马上能结成冰。那个时候，雪还是比较多的，动不动就是一场大雪。有时候，晚上睡觉还不知道已经下了一场大雪，早上起来门都推不开。

对于洄泉人来说，下雪是一件极大的好事。因为甜水要走好远的路去拉，还要下到井底去舀，说到底还是不方便。但到了冬季，遇上下大雪，洄泉村里的人们会在离家不远的山坡上，用铁马勺将雪舀到背篼里，再将白雪背回家，装进灶台上的大锅里，等雪消融成水，再倒进缸里。

背雪很快乐。

我会唱着歌儿，慢悠悠地走在雪地里，还会用树枝画一个又一个图画，真是乐此不疲。好多时候，我会和邢得才、代元信一起去背雪，大多在大洄泉沟口的山峦处，也会先把背篼放置一旁，在雪地里堆雪人，打雪仗，玩得不亦乐乎……

瓜果菜

洄泉地处干旱地区，降水量很少，蒸发量却比较大。

想尽各种办法种植瓜果，以此改善自己的生活，这是洄泉人的聪明与坚持。尽管瓜果品种少，但很有特色，别具风味。

离开洄泉村六十多年的张奋武，曾在白银和兰州工作，已退休多年。张奋武对洄泉村里的西瓜总是念念不忘。他觉得，只有洄泉村的西瓜，才将地里的精华与瓜果的品质紧密地结合到了一起，吃起来不是甜，而是香甜。

现在回想，当年洄泉村里的那些农家小菜园，虽然不是很大，但种植的瓜果，让人吃了再也忘不掉。2019年3月，我跟代元信、李作品一起去景电二期的邢得才家，大家都想到了以前吃过的水萝卜。那种带有甜甜的味道、汁水很足，吃完好长时间了，嘴里还有一股萝卜的香味。

菜瓜，是生长周期最短的一种瓜。洄泉村里，在种植西瓜的砂地里，离瓜房近些的地方，会种植十来行菜瓜。清明前后，菜瓜下种。一个月左右，这种瓜就已经成熟，可以摘下来吃了。之所以叫作菜瓜，是因为这种瓜既可以当瓜吃，也可以当成菜来咽。

洄泉记忆

那时候，洄泉村里都将菜瓜当成瓜，没有谁家当成蔬菜来吃。菜瓜的瓜皮比较薄，颜色是翠绿色，从瓜秧摘下来以后，就可以直接入口，包括瓜子和瓜皮。瓜的味道很质朴，清脆爽口，有一种淡淡的甜，能够回味很久。

小的时候，靠近甜水井的西边，有一大片砂地是属于第二生产队的。到了五月初，我和代元信，还有二队里的姚杏林和张林杰，总共四五个人，游荡在二队的瓜园子周围。吃过午饭后，二队看瓜的"瘸三子"老汉就躺在瓜房里的土炕上，跷起二郎腿，抽着旱烟锅。姚杏林胆子比较大，他偷偷爬到门口，悄悄拉上门，用铁棍插住门扣，从里面就再也拉不开了。我们很悠闲地走进瓜地，挑选着摘了好多菜瓜，蹲在地边吃饱喝足之后，每个人还分了五六个。

菜瓜成熟将近两个月后，洄泉村的西瓜就开始能吃了。有一年，两个生产队专门派了好多老农，在瓜地里挑三拣四，把特别大的西瓜挑出来，说是要去参加县上的比赛，最后结果如何，我们小孩自然不知道。

西瓜开始熟时，我们这些娃娃们都是"先君子再小人"，先是去地里跟看瓜的老汉要着吃，但根据多年经验，要瓜这件事一直不顺利，基本上没有哪个看瓜老汉愿意给的。要不到瓜，我们只能偷了。我们的目的很单纯，只有一个，那就是必须要吃上瓜。

等生产队里分瓜时，就表明大面积的西瓜已经成熟了。当时，分瓜是按照工分来分的。工分多了，分的西瓜也就多。洄泉村最广泛的吃法就是西瓜拌炒面，很香很甜。有一年分完瓜，我二姑的老大——我们叫她"薛片儿"，来我奶奶家了。当时，我们家里的瓜才拉到院子里，不知是谁说了啥，"薛片儿"生气了，给瓜她也不吃。这时，我奶奶过来了，她一气之下，连砸了好几个瓜，我们谁也不敢吭声，只是傻傻地看着。

西瓜吃完之后，洄泉村里就开始吃籽瓜了。籽瓜可以止咳祛痰，暖胃润肺，利尿解毒。民国三十三年，也就是1944年，《甘肃特产》中记载："籽瓜的主要产区兰州、皋兰、景泰、永登和靖远等地……"

籽瓜是西瓜的一个变种。它比西瓜要小一些，单瓜平均重2至3公斤，表皮没有西瓜那样绿，泛着淡淡的青色，有的呈黄色。洄泉村里的籽瓜，肉色黄白，汁多香甜。

小时候，我很喜欢吃籽瓜。从秋天开始，一直到春节期间，我们村上的人还吃着籽瓜。到了冬天，我家就在屋顶上铺上些干秸草，放上一层籽瓜，上面再盖些芨芨草。过年时，我们就会爬上房顶，将籽瓜取上几个，抱着籽瓜烤着火吃，非常爽快。

离开了洄泉，在外地工作很久了仍然想着洄泉的籽瓜。每逢籽瓜上市，我还是怀念以往的籽瓜，怀念洄泉村砂地里的籽瓜，它肉头很厚，味道纯正，吃起来沙沙的，让人格外惦记。

墩墩滩里，有一片好大好密的沙枣林，这是因为有涝坝滋润的原因。

涝坝里的咸水，适合沙枣树生长。这里大约有六十亩沙枣林，是洄泉村里的一道风景。到了每年农历十月，那些挂在树干上的沙枣逐渐变得金黄金黄。洄泉村里的沙枣，个大味甜，嘴里放上两三颗，就觉得撑得满满的了。春节时，小孩们要到人家磕头拜年，几乎每家都会给孩子们口袋里装好多沙枣。

洄泉记忆

山傍里，是洄泉村最北边的住宅区了。这里，背靠着龙山，北风是刮不起来的，是村子里最暖和的地方。这里比起南端的大洄泉口上，温度要高三四摄氏度。特别在开春时节，每家的小菜园都长出了嫩绿的新芽，村里的其他菜园还没动静，感觉这儿的春天要来的比其他菜园子早好多天。

山傍里，有个打铁的姚家，就是姚得明老师的父亲家。他父亲流落到洄泉村以后，看到这里的人们友好和善，加上土地肥沃，庄稼生长良好，便留了下来。姚铁匠平常帮人打铁器，像镰刀、铁锹、镢头等，只要村民们有需求，他都会想办法给打制好。

铁匠家门口的两侧，是两个很大的菜园子，种着各种蔬菜，有茄子、西红柿、辣椒、洋葱和土豆。尤其是两个园子里，栽着七八棵杏子树，每年都能准时开花结果。到了七月份，杏子就成熟了，尝上一口，那滋味多少天都忘不掉呢。姚铁匠在洄泉村落脚以后，生了好几个孩子，四个儿子，还有几个女儿，也算是大户人家。

与菜瓜一样，水萝卜也是洄泉人的口福。

洄泉村里，以王崇山和张相孔为代表的农民们，用勤劳和汗水丰富着菜园子，尤其味道鲜美的水萝卜让人念念不忘。

2019年春天，我去看了原来的校长李武老师。闲聊时，他也讲起了村子里以前的菜园子，也说到了水萝卜。李武老师认为，洄泉村的水萝卜，不是瓜果却胜过瓜果……

气候

洄泉村冬季严寒，夏季高温，四季分明，常年干旱少雨。

洄泉村里，感觉季节变化非常明显。干旱地区出生的人们，骨骼是非常坚硬的，其性格也一样，坚贞不屈，宁折不弯。上大学的时候，看过一篇文章，专门讲述了气候与骨骼的关系。文章的核心，就是越是干旱的地方，人们的精神和意志越坚强，能够适应好多人适应不了的环境，品质如山，牢不可摧。

洄泉的春天是舒缓的。尽管村子里有沙枣树和杏子树，但这些树反应慢，春来之时，仅仅是枝条变得柔软起来。我记得井拐子那两棵大榆树的旁边，有七八棵杨柳树，另外，张林杰和张延满家的菜园子里，也有好几棵柳树，很粗壮。

每年开春，洄泉村里总刮北风，有时从晚上能刮到天亮。也许正是几场不大不小的春风，让洄泉村的天气退去了料峭，变得越来越温暖。杨柳渐渐发绿，各个方向伸出的枝杈也灵动了。一般意义上，洄泉村的春天是姗姗来迟的。过了端午，吃完麻腐包子和荞粉，额头上浸出热汗时，人们才会认为春天真正来临了。

夏天是从早上开始的。天刚刚亮，一股又一股的热浪就从四面

洄泉记忆

八方汹涌而至。那种热，特别火辣，没有一点含蓄和修饰。夏夜，洄泉村的人坐在院子里纳凉。有时，会不约而同集中在村头或村后的小山梁上，谈天说地，评古论今。

洄泉的秋天是最浪漫的。瓜果飘香，给孩子们营造了快乐的天堂。有时候，洄泉村里会出现"秋老虎"。立秋以后，天气非常闷热，甚至会超过夏天的温度，但早晚还是比较凉快的。我喜欢洄泉的秋天，面向田野，我能感觉出季节的绚烂与多彩。

姚铁匠的二儿子，名叫姚得福，今年已经82岁了，还生活在洄泉村子里。姚得福身体特别好，想起以前的菜园子，老汉很是激动。他说，以前的那个杏子，嚼在嘴里，味儿酸中带甜，一直会在口中回旋，令人难以忘怀。

当碾场上垒成的麦垛越来越少的时候，秋天也就晃晃悠悠地走了。冬天，洄泉村里特别寒冷，尤其早晚，不管穿什么衣服都冻得人打战。想起小时候，我们确实抗寒，就不怕冷，整天跑外面玩，也没有觉得忍受不了。邻居陈奶奶家条件不错，冬天在堂屋里的地上放置着一个大大的铁皮炉子，炭火很旺。我们在屋外玩好大一会儿，然后跑进陈奶奶家，揭起棉衣烤热肚子，烤完再跑出去玩……

洄泉村里，如果下了大雪，农民们就"休假"了。他们什么也不干，有的在热炕上煨着，有的就到邻居家串串门。我们小孩子，就更自由了，在雪地里堆雪人或打雪仗。有一年，我们在村子开挖的备战窑洞外，一下子堆了十几个又高又大的雪人。无月的晚上，这些堆起的雪人高高站着，把路过的邢得才的妈妈都吓哭了。

洄泉村是一个南、东、北三面环山，西边靠砂河的地方。同别

第五辑 想念洄泉

的村子比起来，三面环山的地势是非常少见的，刮不起来很大的风，只是西边来的一些微风。

　　气候是造就和锤炼一个地方物质基础的重要条件，也是农作物生长的关键因素。虽然从大的方面看，洄泉村的气候条件不是特别好。但正是这种环境，哺育了一代又一代的洄泉人，也锤炼出了他们质朴憨厚的品质。作为土生土长的洄泉人，我惦念洄泉，惦念它的春夏秋冬……

房屋

洄泉村里的房屋，最早都搭建在村里的小山峦脚下，多用石头和土块砌起来的。到了清朝，为了防止侵扰，房子全部建在了洄泉堡子里。

堡子像一道屏障，保护与关爱着洄泉以及洄泉村里的人们。我们小时候，没有见过堡子里的房屋，但猜想它还是比较有气势的，街道的安排，水井的位置，商号的布局，都极为讲究。堡子里的屋子被陆续拆除，居住的人也搬迁了出来，逐渐落魄成了我们小时候的样子。

清朝咸丰末年，洄泉村一带经常有强盗出没，烧杀抢掠，民不聊生。村子里有位乡绅叫张凤麟，从咸丰八年，也就是公元1858年3月开始，动员号召村民，用黄土夯筑城堡。除了洄泉村的村民外，张凤麟又从皋兰石洞、永登秦川和景泰的宽沟、永泰和芦塘等地，雇用大小工匠七十多人，历时一年又八个月，于1859年的冬季建成了堡子，所有的洄泉人都搬迁进去了。咸丰九年，洄泉村子已基本成形，就是堡子里面建成的街道和房屋布局。

住在堡子里的洄泉村人还是比较安全的。他们躲过了那个年代强盗们的骚扰,每天都是送走月落,再迎来太阳,在堡子里过着宁静的日子。据村子里的王崇山老人回忆,洄泉堡子里面特别宽敞,从西北角的墩子走到东南角的墩子,要用好长一段时间。堡子里有吃水的地井,有贸易的商号,有磨面的磨坊,一应俱全,不用出堡子,就可以正常生活。

洄泉堡子南面有大门,一般不用打开,除非马车要出去拉运粮食或者运输货物。东边的堡墙边上,是一个水井,好像也是咸水。小时候,我们放学后,也曾在水井边上玩过,用石头扔下去,好一会儿,才能听到回声,井深大致在20米。那时,我们也见过附近的村民们赶着牲口,从这口井里往上打水,有个石槽放在井口边上,驴、马都在这儿喝过水。

从我们记事起,洄泉堡子里再也没有住过人家。到处挖得深一处浅一处,可能村子上的人们想着这里肯定还是有宝贝的,所以就大肆挖掘。在我大大家原来的"德顺通"商号附近,更是挖得不像样子,人们都认为,这个贸易通畅的商号应该是会留下不少金银财宝的。不知后人们在这里是否挖出过宝贝,但确实是下了不少力气的。

小时候听老人们说,洄泉堡子里基本上都是土坯建造的房子。由于四周的城墙比较高大,堡子里的房屋保存得还是比较完整的。从1955年开始,村民们才陆续在堡子外面建造房子,堡内的人家就陆续往堡子外面搬迁。估计当时的贫下中农们都从地主家分了木头,便开始寻找地方,建起属于自己的新房子了。当时的心情肯定是非常喜悦的。长期以来,自己家的房子又小又简陋,终于有条件、有机会能住上好一些的房子,当然可喜可贺。

洄泉记忆

据师志刚哥回忆,他家是洄泉村上最后一家从堡子里搬出来的,时间是1964年。当时,师家一直住在堡子里,还有我的父母。后来,我大大有两种考虑,一是看能不能迁回陕西大荔县。因为老家在陕西,心里曾想回大荔生活,这也是考虑落叶归根的问题;二是盖房子需要劳力,我大大的大儿子师志刚才十几岁,无力干活。后来,陕西老家回不去了,便硬着头皮建起了房子。也是在这一年,我父亲因架子车翻车,腿被压折了。父亲的身体本就不太好,从此就干不动重活了。

我们这一代洄泉人,从记事起,洄泉村的房屋都坐落在堡子的周围,有的离堡子远一些,有的离堡子很近。之前,洄泉村的房屋全是土块砌起来的,里外都抹着草泥,最后再抹上一层细泥。条件好一些的,主要表现在房屋屋顶的横梁粗、椽子长、材质好。另外,在房门和窗户设计上,比较美观,窗户大,四周还有雕刻。我记得,我大大家的房子虽然也是土房,但是已经属于农村里的八檐房子了,屋前有石座,还有四根粗壮的廊柱,将屋檐撑得老高,在廊柱的顶部,还有好多精美的雕刻。

绝大多数村民们的房屋都差不多,由土坯围砌起来,窗户都是小小的方格子,上面糊着报纸,屋内光线不是太好,比较昏暗。只有每年春节前几天,各家才撕旧糊新,用上平常舍不得的白纸,屋里就亮堂多了。

我家最早在大洄泉沟口建了三间土房子,后来又建了两间厨房。一直到1975年,才搬迁到了兴泉滩上。我在洄泉村里生活的时候,包括后来再回到洄泉村,都没有发现谁家再修建过房子,都在原来的旧房子里居住。

洄泉村里的土质很好，厚厚的土头柔柔的泥，打制出来的土坯带有一种韧劲，也带有一种温暖，可以呈现朴实、憨厚和忠诚。

小时候，我们就在这种土房子里生活，从未感觉到窄小与不便，也从来没有认为别人住的比我们好。因为，我们根本就没见过别人家的新房子。后来由于连续多年干旱，地里几乎颗粒无收，我只能跟上母亲去外地要饭。在甘肃的武威、宁夏的银川和内蒙古的临河，我才见到了用砖盖起来的房屋，有高耸的楼房，也有低矮的平房，但仍然没觉得那些房子有多么好，这些用砖盖砌的房屋能比洄泉的土房子好到哪儿？

考上大学，离开了家之后，我在多个地方上学或工作过，也搬过不少次的家，白银、兰州、北京、平凉……我仍然认为，洄泉村的土房子，还是特别能遮风避雨的。住在洄泉村的土屋里，尽管陈旧，却能感受到泥土的温度，这就是乡情，一个人留在鼻孔里永难洗掉的味道，是生命里最熟悉的记忆。

此刻，脑海里闪现出"五保户"李福老汉了。在饲养圈里，李福老汉躺在炕沿上，抽着旱烟，嘴里唱着小曲："洄泉村里嘟里个嘟，土房土墙嘛大土炕，黄米糁饭呀酸白菜，一觉睡到嘛大天亮……洄泉村里嘟里个嘟，苦苦菜儿嘛就是香，一锅拌汤呀煮洋芋，平田整地嘛确实忙……"

洄泉记忆

石膏

洄泉村的北面，就是由东向西的龙山。

龙山西端从井拐子开始，最东面就到了龙头岘，整个山脉蜿蜒曲折，仿佛一条巨龙。1949年后，景泰县石膏矿的主产区就在洄泉的龙山。当地人都说，因大面积地开采与挖掘，破坏了龙脉，不然的话，洄泉村应该要更好一些，包括庄稼与气候。不过我倒认为，石膏作为洄泉村的矿产资源，在那个特殊的年代里，还是给予了洄泉许多的荣誉和经济支撑。

石膏是单斜晶系矿物，主要化学成分为硫酸钙，是一种用途极其广泛的工业材料和建筑材料，可用于水泥缓凝剂、石膏建筑制品、医用食品添加剂和纸张与油漆填料。

洄泉村从1952年开始开采石膏，一直持续到1987年，有35年的历史。刚开始，筹建石膏矿的指挥部就设在洄泉村里。白天，工人们早早就到龙山采矿区进行作业，晚上下班后，他们又来到洄泉村里住宿吃饭。据村子上的老人们讲，当时石膏矿区用的是帆布帐篷，院子里有一个篮球场，两个篮球架子，场地很平坦。每天晚上，石膏矿区的工人们跟洄泉村的农民们都要进行篮球比赛。

洄泉村出产的石膏，质量上乘。在龙山旁边的尕墩子山下，建有煅烧车间。按照整个采购计划，这些烧制而成的熟石膏也会通过火车发往全国各地。

到底从洄泉村里挖掘出了多少石膏，数字很难说清。但作为石膏矿的主产区，洄泉村的石膏连续采挖了35年。当时，石膏矿区有汽车60辆，按每车拉运7吨计算，每辆车跑4趟，一天的出产量就可达1680吨。现在，从洄泉村的中沟梁上往原来石膏矿的主产区行走，总共有29座山，基本都挖到了地平线上。

我看过一份资料，2017年，景泰县的石膏储量达到3.85亿吨，位居全国第二位。

洄泉村里的石膏，挖掘出来之后，除了一小部分煅烧外，绝大多数都通过火车发往了外地。

大水磋属景泰之地。《新华字典》开门见山，直接解释为"甘肃省的一个地名"。因此，大水磋对中国语言文字作出了贡献，诞生了一个字，一个有形状能看着的字：磋。

大水磋村的东面是一脉山，从山脚到山顶，全部是特别大的石头，这便是"磋"字的来源。离洄泉村最近的火车站就是大水磋站。所以，洄泉村里的石膏，就由县石膏矿的汽车运到大水磋火车站。那时候，还没有柏油路，用沙砾铺成的沙石路上，汽车不停地奔跑。工人们每天都兴高采烈的，恨不得昼夜不休，将更多的石膏运往外地。

洄泉村上的鲁杰先曾跟我聊起他了解的石膏矿。他说，矿上的工人们精神头十足，脏活重活抢着干，多苦多累都不叫唤，就是要把工作干到前面。当时，鲁杰先赶着村里的马车，每天都与石膏矿

洄泉记忆

打交道，目睹了那些上班的工人们虽然劳动强度很大，但工作热情却很高。

可能是为了补偿洄泉村吧，县石膏矿从洄泉村往大水磅运送石膏，除矿上的几十辆汽车之外，给了洄泉村两辆马车运送石膏的名额，第一生产队和第二生产队各一辆。每天早上，天还没完全亮，赶马车的人就在家里吃了饭，一般都是耐饿的黄米糁饭。吃过饭，车夫便驾起马车，一声脆鞭声响起，就去了龙山的石膏主产区。

听别人说起过，我父亲也赶过马车，往大水磅送过石膏。但我不知道，也没有问过父亲这件事儿，他也从来没有同我说起过。

有两个人，我记得是赶过马车。邢元老汉，也就是邢得才的父亲，还有海娃子，也就是鲁杰先，很早时他就拉送过石膏。我搭过他俩赶的马车，都是来去沙塘子的姥姥家。那时，可能我还是小孩，邢家爷爷基本上都不跟我说话，只是自顾自哼唱着小曲子，赶着马车向前奔走。海娃子比我大20来岁，一天早上，我坐着他赶的马车，到龙山装上石膏，再去大水磅卸石膏。半路上，海娃子拿出了大半个苞谷面饼子给我吃了，我当时别提有多高兴了，很香甜很美味，至今怎么也忘不了。

洄泉村里打篮球和唱秦腔这两项工作都与石膏矿有关。作为一个山区里的小村庄，洄泉村的篮球水平能达到一定的水准，实属不易，其关键是有景泰县石膏矿在引导、牵头和组织。篮球比赛把矿区与村上的年轻人调动了起来，切磋球技，相互学习，共同进步。如果洄泉村里没有石膏矿，那么，村里就没有了劳动之余的集体娱乐，也就失去了群体性的兴奋呐喊。

与此同时，秦腔也大大丰富了村民们的业余文化生活，也增强了全村人心往一处想、劲往一起鼓的凝聚力、向心力和战斗力。洄泉村能唱起秦腔，就是因为皋兰县石洞公社秦腔慰问团的到来，他们来慰问石洞公社挖石膏的工人们，落脚在洄泉村里。在与村民们接触的过程中，石洞公社慰问团的团员，感受到了洄泉村村民的博大、宽容和善良，他们想给洄泉村的人们留下点什么，所以，就想到帮助洄泉村组建起自己的秦腔班子。不论是田明珍饰演的杨六郎还是王世成扮演的包拯，不论是师志英饰演的花旦还是鲁学英扮演的正旦，连同鲁杰先悠长的板胡和师志刚缠绵的笛子，都在洄泉村的戏台上留下了历史的印记。

　　石膏矿因洄泉村而生，洄泉村因石膏矿而幸。这就是自然铁律，也是人文规则。至今，我的眼底仍有青春热血的篮球赛，耳畔还有跌宕起伏的秦腔声……

小吃

一方水土养一方人。

洇泉是景泰县偏南的一个村庄。自然眷顾洇泉,给村人春华秋实,安宁祥和。洇泉的云飘得很低,山峦、树梢都在云朵之上,不是江南,胜似江南。

置身其中的村民们,当然会热爱洇泉,热爱这个承载了他们梦想的山之一隅。逢年过节也好,日常起居也罢,洇泉人把对食物的敬重与眷恋体现在了生活中,通过富有特色的制作,展示了小吃的精致完美和与众不同。

暮秋,洇泉村里的打碾场上,有成堆的碾得干净的麻子放着,它们似乎在等待下一场的打碾。只有所有的麻子都打碾完毕,才可以给每家每户进行分配。我记得,小时候吃麻腐包子,一年也不会太多,好像只有两次,一次是端午节,另一次就是春节。

麻腐是将麻子去皮、压榨和蒸馏而成,麻腐里再加点盐和土豆丁,还可以用猪油搅拌。包子皮是面粉经发酵后,擀制成的圆形,再包点馅儿就可以了。麻腐包子蒸熟以后,外形松软养眼,味道鲜美可口,尤其在数九寒天的日子里,热气腾腾的来上一锅,香味四溢。

第五辑　想念洄泉

　　洄泉的麻腐包子，个头大，能撑满大人们的掌心。吃完之后，嘴里始终留有余香，让人回味无穷。到了每年五月端午，洄泉村民的家里再没有猪肉等别的荤腥了，只有做麻腐包子，才觉得格外香。有时候，我们听大人说，快要过"五月五"了，趴在被窝里扳着指头，偷偷地算还有多少天就可以吃上麻腐包子了，越想越馋，涎水随口而出。

　　说起麻腐包子，怎么才能把麻腐先做出来，这是至关重要的。

　　洄泉村里做麻腐，首先就是"点麻腐"。将麻子用石磨或者碾子碾碎，再放到水里，不停地用力反复搓洗，最后用笊儿将麻子皮清除掉。把剩下的汤汁放在锅里，用小火微微加热。然后，将前面过滤掉的麻子皮，再一次泡入水中继续搓洗，经过沉淀以后，上面的清水就可以用来"点麻腐"了。这时候，将火逐渐加大，等到锅里的汤汁开了时，哪里冒泡，就在哪儿点一下水。汤汁里面的麻腐就在锅里结成了一层粥的形状，这就是麻腐了。将"点"成的麻腐取出来后，在锅里的汤汁中加少许的香菜和调料，就是麻腐汤了。

　　小的时候，帮妈妈蒸麻腐包子，作为补偿，妈妈会给我们舀一碗麻腐汤。坐在炉子旁，喝上一碗麻腐汤，拉风箱烧火的劲头就更足了。想着马上就能吃到嘴里的麻腐包子，那种幸福是无法比拟的。后来，在西北师范大学上学期间，曾连续几晚都梦见喝麻腐汤。好不容易等到放暑假，回家就给妈妈说了。第二天，妈妈就在家里做了麻腐汤，当然，也蒸了麻腐包子，很可口，正是妈妈特有的味道。

　　在洄泉村的一些山地上，或者很少下过雨的瘠薄地里，还能下种的粮食就是荞麦了。荞麦产量很低，亩产大概只有60来斤，整块的肥沃土地一般是不会种植它的。夏天时，遇到天气太热，妈妈就会给我们做荞面凉粉。由于荞麦缺少面筋，没有任何延展性和弹性，擀不成皮，只有吃荞粉了。

洄泉村里，做荞粉时，先要在锅里烧开水，擀面杖迅速搅动的同时，用木制勺子舀上粉芡，慢慢地溜入锅内，如此反复不停地搅动，粉芡渐渐由稀变稠。荞粉质量的高低，关键在烧锅的火候、溜粉芡的速度和搅拌的力度上，这些工作都到位了，制作出来的荞粉肯定是柔软、透明、洁净、色正。

暑热时节，做上一锅荞粉，有辣椒，有陈醋，还有炒熟的黄豆，拌在一起，可以说香辣爽口，生津解暑，清热降火。

洄泉村里，还可以把苦荞面做成荞面坨坨，切成四方四正的小块，多数人家要用羊肉做汤。荞麦性寒，羊肉性热，两者能够寒热互补。

我和代元信曾多次去饲养圈听李福老汉讲故事。夏天最热的时候，我们又一次来到李福老汉的屋里，他问我们中午吃的什么，我们说是荞面坨坨，老汉就随口唱道："荞面坨坨羊肉汤，死死活活的要跟上。"那时，岁数太小，也不知道李福老汉唱的是什么意思。

洄泉村里从秋末到来年春天，吃的一直就是酸白菜。跟现在的大白菜不一样，那时的白菜，就是麻叶菜。到了秋天快结束时，家家户户先储存麻叶菜，放上几天，尽量除掉水分。要腌制酸菜时，邻居几家商量好，在屋外安置一口大铁锅，把水烧开之后，一棵白菜切成四份，先置于锅内淖一下，再捞出来晾一会儿。三四个妇女就开始切菜了，切了很大一堆后，男人们就用盆子把晾凉的菜装进缸里，边装边压，每一层或两层撒一次青盐还有花椒。缸里菜压满了，最后再压上石头。

腌的菜事先用开水淖过,所以腌制时间短,一般就是十天左右。早饭时,酸白菜直接炒一下,或者再放点土豆丝,下着黄米糁饭,就是很硬气的一顿饭了。到了春节期间,家里杀了猪,就开始用酸菜炒肥肉片子,没有一点肥腻,即便是汤汤水水,都有一种特别香的味道。过年了,几乎每家每户都要做烩菜,主要原料还是酸菜跟肥肉片子,顶多再加上点豆腐和蘑菇。家里来亲戚了,热上一砂锅烩菜,泡着馍馍吃,就解决问题了。

浆水,是洄泉村子里不可或缺的一道菜品。

洄泉浆水,跟甘肃有的地方吃法不一样,不会专门吃汤汁的,就是菜和汁一起吃,将浆水当成了一种蔬菜。

每户人家,从夏天开始,就腌制了浆水,菜品主要有苦苦菜、芹菜和萝卜。如果发现坛子或罐子里的浆水菜不多的时候,家里的主妇们就开始筹划,再选择一种菜放进去,腌制不多几日,就可以享用了。

那时,我们家劳力少,小孩子多,做浆水面时,妈妈会先把苦苦菜或芹菜切小一些,放在装菜的碟子里作为下饭菜。然后再把面条下到锅里,熟了捞出来,再浇点浆水就可以了。有时候,妈妈给我们做一锅子面,汤里既有浆水也有浆水菜,再提前放点土豆,吃着酸酸爽爽的,那味道让人忘不了。后来,出门在外虽也有浆水,也吃过不止一次浆水面,但都没有洄泉村的那种做法,少了那种味道,少了那种景致,也少了那种氛围。

大约是2004年前后,代元信、李作品和张发祥来兰州,我们晚

洄泉记忆

上喝了点酒，第二天中午，我领他们在新武都路上吃了一家浆水面，都说里面没有菜，不像老家的，没有洄泉村的味道香。

洄泉村子里有一个不成文的习俗，那就是遇到下雨天，多数村民的家里都要做烫面饼子。

烫面饼子，用热开水和面，同时要加入一些盐，再放上些炒熟的洋芋末，揉匀后擀成薄饼。平底锅里倒上清油，烧热后放入薄饼，翻转几下就烙熟了。烫面饼子由于面粉没有发酵，饼子表皮褶皱不规则，像一件破破烂烂的布衫子，洄泉村里又叫它"破布衫衫"。那时候，食用油还比较缺乏，烫面饼子也不是经常能吃到。只要谁家要烙，清油倒进锅里，饼子还没有入锅，周围都能闻见香味。

凝结着舌尖上的记忆，小吃是每个人对家乡的一份眷恋。

如今，作为游子，一旦我的文字接近故乡的小吃，无论刚在城里吃了怎样的美食，还是会口舌生津的。

器具

洄泉村是一个三面环山的村子，外围大多是连绵起伏的山峦。就是这些层层叠叠的山峦，始终包裹着村庄，让洄泉更加富有硬度与刚性。

洄泉村里石磨比较多，家境殷实的人家，一般都会有的。有的石磨是一个大家庭拥有，固定在某一个人的家里，兄弟和姐妹们要用的话，就直接去使用了。我们家没有石磨，每次要磨面，就会去师志刚家。

石磨，是用人力或畜力把粮食去皮或研磨成粉末的一种石制工具，由两块尺寸相同的短圆柱形石块和磨盘构成。石磨都会架在石头或土坯搭成的台子上，接面粉用的石制的磨盘上摞着磨的两部分，一块是不转动的磨的下扇，另一块就是可转动的磨的上扇。这两扇磨的接触面上都錾有排列整齐的磨齿，用以磨碎粮食。上扇有两个磨眼，是专门往下灌注粮食的洞。两扇磨之间有磨脐子，也就是铁轴，以防止上扇磨在转动时从下扇磨上掉下来。一般情况下，一台石磨直径80厘米，一头驴或者一个人就可以拉动。

洄泉村里建有磨坊，屋内光线很好，遇到刮风下雨，也不会影响磨面的。拉石磨的，一般是驴或者马，有些没有牲口的，就要去别人家借，也有的是人工直接推拉着。

从食物上看，洄泉村里除了磨面之外，还要碾米。因为洄泉村的人几乎每天早晨都要吃黄米糁饭。

石碾子，在洄泉村里不像磨面的石磨那样多，好像离生产队的队部不远，露天放置一个碾子，属于公用的，生产队里的人们都可以使用。这种石碾由碾盘、碾砣、碾框、碾管芯、碾棍孔和碾棍等部件组成。石碾分上下两部分，上面的叫碾砣，下面的叫碾盘，碾盘和碾砣的接触面上，錾有整齐划一的中间深两边浅的碾齿，而碾砣上錾有一边深一边浅的碾齿，用来碾压谷子。

洄泉村子里，有一个习惯，如果第二天谁家要用石碾，晚上就将扫炕的扫帚，洄泉人叫"笤帚"，放在石碾上。到了第二天，倘若其他人家也要用石碾，看到放在碾子上的笤帚，就会自觉地再往后推推。洄泉村中的谷子和糜子，仅仅通过石碾转动，就将皮壳去得干干净净，变成金灿灿的小米或黄米。

有一年，我们家碾糜子，我肩上拉了一根绳，走在前面，妈妈在后面推，转了几圈后，我感觉头昏眼花，坚持了一会儿，我极度不舒服，甚至都有点恶心了。

农民真是辛苦，一茶一饭来之不易。

要将辣椒、花椒和麻子等食材弄成面儿，洄泉村里就要用到石臼。

石臼比较小，仅是一尺长的正方体，正中间是一个深一些的石洞，有一个石头碓子。用手拿起石碓子，一下一下，不停地砸捣，慢慢地，那些辣椒、花椒和麻子，经过石碓反复捣压，就变成了一团泥末或者粉末。

在洄泉，全村人都把石臼叫"臼窝子"，石头碓子叫"臼槌子"。我妈妈在家蒸馍馍时，我经常会在灶台子上用"臼窝子"将炒熟的麻子或姜黄捣碎，最后妈妈就卷成花馍馍了。

生活困难的那几年，生产队每年都要吃供应粮，并且没有小麦，全是苞谷。为了改善一下生活，妈妈还是不停地变换花样，给我们做苞谷面疙瘩。苞谷面疙瘩里面，卷着黑黑的麻子末末，也就是用"臼窝子"捣碎的，吃起来满口留香。

作为20世纪60年代生人，一个大西北的农村人，对石臼是再熟悉不过了。正是石臼，让许多食物脱了壳，蜕了皮，温暖了胃，夯实了身骨，延续了生命。

碌碡，就是用来碾轧庄稼的石磙。

洄泉人打碾粮食时要用到碌碡。石磙比较大，呈圆柱体，上面刻满了沟槽，一般一匹马就可以拉动。也有更大的石磙，需要两匹马并排拉。石磙的两头和中间分别凿有一个孔，里面嵌着一根木柱子，叫作石磙楔，是专门用来牵引的。拉石磙的工具，人们叫簸枷，找两块坚实的木板，一端由一根木条连接固定，另一端打一个圆孔，分别套在石磙楔上。

秋天的时候，负责打场的农民们头顶破草帽，手里牵着缰绳，让马儿拉着石磙，一圈接着一圈，一趟连着一趟，打碾着村子里的粮食。现在，随着电磨的出现，石磙子作为农耕文明的主要石器，已经从核心走向了边缘。

2015年，甘肃电视台要拍摄《故乡记忆》纪录片，在洄泉村里的道路旁、砂沟里、荒滩上，我们看见了石磙子。当时，我的心里

洄泉记忆

不是滋味。这些曾经伴随我们的器具，已经失去了其价值，静静地躺卧在野外。奉献完了一生，即便被抛弃，它们也没有任何怨言。

洄泉村里，打墙的杵子是半圆锥形的，安上"T"字形木柄，两个手握紧横杆，提高后借助下落的惯性，再用劲儿夯打，使土更结实。

村子上的人都把这个半圆锥形的石锤叫作"石窝窝"。《孟子》里讲："舜发于畎亩之中，傅说举于版筑之间。"其实，版筑就是打土墙的意思。洄泉村里，用"石窝窝"打制的，就是一道一道的土墙。

开始打制时，农民们就会把两块木板搭在一起，置于将要打成的墙体两侧，就构成一个适当宽度的"槽"了。然后，由其他人用铁锹往"槽"里填泥，或者用背筐背泥，上面的两个人手持"石窝窝"，依次夯实打牢。墙打高了，墙上两个手持"石窝窝"的人就会喊着号子"嗨哟星嗨哟——嗨得曼嗨哟"，两个人的力量随号子不断准确释放在土墙之上。洄泉人用方言说："快活不过打墙的，造孽不过喝酒的。"看到墙头上拿着"石窝窝"的两个人，洄泉村的人们都很敬重他们，在劳动过程中，歌谣和泥搅拌幸福，这就是日子，也叫生活。

在改革开放以前，洄泉村里盖房子，用的都是土基。如同砖块，是农村最主要的建筑材料。洄泉村上，谁家要建房子，就得请专门打土基的师傅，提前给家里打土基。师傅请来后，先要选择黄土，再根据黄土干湿程度进行泡水或淋水。准备工作做好以后，就可以打土基了。

打土基时，有四大件要一起上，那就是模子、石头柱子、草灰和青石板。在青石板上，放上模子，撒些草灰，以防沾土，先是填进三锹黄泥，用锹拍光，纵身一跳，双脚尖朝前踩，然后双脚跟往后踩，再用一只脚从中间前后两踩，土便蛰伏下来。这时，两个手抓住石头杵子的柄，由中间狠捶两下，两头由前及后，杵子轻轻一点，一块土基就完成了。

打土基的师傅们那种轻巧、潇洒和自如，动作极为完美。这些师傅们，在洄泉村里还是很受人敬重的，不但在打土基期间吃香的喝辣的，哪怕平时谁家杀猪了，也会把师傅们叫上去吃喝一顿。今年或明年，甚至最近几年虽还用不上师傅们，但总有一天会用到他们的技术和手艺。

洄泉村子里，石槽特别普遍。应该说，每户人家都会有或大或小的石槽。这是猪、驴、马和鸡的"饭碗"。

石槽的来路多种多样。家庭条件好的，可以从外地买来，石头的材质就好，石槽上还有雕刻。家里条件差的人家，就自己动手，在一块青石板上，随便凿出坑坑，能盛食物和水就可以了，无所谓美观，实用即可。

我最早见到的石槽是在洄泉堡子里。堡子的最东边，那时还有很高很宽的城墙，靠近墙体的地方，有原来堡子里人们生活的水井。水井的边上，有一条长方形的石槽，至少有两米五长，宽约一尺五。再就是墩墩滩的涝坝边上，也有一条石槽，它比洄泉堡子里的要小一些。石槽就在泉眼附近。有时候，一些刚生下来不久的小驴小马们跟着妈妈们来到墩墩滩，它们胆子小，不敢到涝坝里喝水。放养的人就将这些小家伙留在石槽边喝水。

生活是琐碎的，一个家，就是由这些实用的器具支撑起来的。

如今，故乡里的人大都去了城里，农村荒芜的不仅是田园，还有这些器具。它们坚守家园，在岁月的风中，讲述着过往的繁华与热闹，也在平静中回忆着人世间的沧桑与变化。

在故乡，每个人的童年是无忧无虑的。生活其实很简单，记忆中，洄泉的每一个茅舍下，都留过捉迷藏的脚印。

第六辑 孩提时代

故乡烙印着儿时的记忆，那里是人成长的摇篮。

童年的记忆本已远去，然而在心底，总有些难忘的痕迹。故乡的那份情感早已沉淀在内心深处，时时唤醒着人的麻木。

一旦接近乡土，再衰老的人都会触景生情，那是梦中的感动。

是的，时光可以流走，岁月可以更替。但孩提时代的一切却永难忘怀。一行歪斜的脚印，一次傍晚的游戏，一场午后的比赛。这些零碎而充满快乐的活动，都能拼接美好的过往，都能构成记忆里永恒不逝的画面。

在故乡，每个人都是长不大的孩子。

泂泉，腾格里南缘的风沙退化成了戈壁滩。在这方缺水的热土上，每一株绿色都长成了传奇。疾风劲草，在生存与成长的交锋中，生命的演绎苍凉而悲壮。

作为个体的人，顶天立地，从不抱怨，从不灰心，从不屈服于命运。在故乡，郑天敏的童年玩伴从不缺精神的营养。太阳补给钙质，雨水滋润心灵。即便是严冬，呼啸的风也冷却不了年轻的血气。

孩提时代，是人生中最幸福的插曲。

如今，往事如烟，只剩下了回忆。

作为游子，郑天敏无法再相信，远离能抹淡故乡的印象。

他坚信，故乡虽改变了容颜，而关于成长的点滴，绝对是不老的记忆。因为，童年的根还没有枯死，还在故乡的土壤里延伸着……

榆钱饭

小时候，年年青黄不接的春三月，榆钱儿就是穷苦人的救命粮。

榆树是一种生长速度慢、经济价值较低的乔木。由于榆树的抗旱性极强，在北方的许多地区都大量种植。

洄泉村的榆树虽不是很多，但树龄较长，至少有百年的历史。

榆钱是榆树的种子，由于外形圆且薄，与古代的钱币非常相似，所以，人们都把它称为"榆钱"。榆钱，又与"余钱"谐音，谁家"榆钱"了，便就是富裕，是有余钱了。洄泉村里的榆树，为山村带来了食物，老老少少都吃过榆钱饭。

每年的三四月份，正是洄泉村里青黄不接的时候，庄稼刚刚破土不久，上一年的粮食所剩无几。因此，榆钱开花的时节，正好是粮食缺乏之时。洄泉村子上的人们，包括我这个年代的人，是会记住榆钱的，会记住这个承载了那么多梦想的一种美食。

1987年春天，我还在上大学。西北师大的东门口长着几棵老榆树，新发出来的榆钱是那么的鲜嫩诱人，远远地，就能闻出一股淡淡的香味。晚上，躺在宿舍的床上，触景生情，难以入眠，想起了很多年前的榆钱，便写就了一首《榆钱》。其中的好多句子都忘记了，只记下了短短的几行："一个带钱的名字／却与富贵无关／本应有金属的气质／却柔弱如水……"这首诗不久就登载在西北师大学生会主办的杂志《我们》上。

洄泉村里，榆钱的吃法非常多。细想起来，大体上有这么几种：一是生吃；二是煮粥；三是笼蒸；四是做馅；五是做饼；六是炒菜。洄泉村的李福，就专为榆钱编写过小曲子："洄泉榆树结榆钱，结下榆钱能吃饭，颜色翠绿一身新，端上饭碗吃榆钱……洄泉榆树结榆钱，生的熟的都可餐，笼蒸煮粥做馅子，一顿能饱好多天。"据《皋兰县志》记载："由明到清，皋兰、宽沟（曾为景泰治所）及拉牌滩一带，遇旱缺食，榆树之榆钱，可蒸、可煮、可炒，能食之。"

刚刚从树梢上摘下的榆钱，鲜嫩脆甜，羞羞答答，盛在盘子里，仿佛不好意思，怯怯地低着头。如果喜欢甜食，就加入白糖，用筷子轻轻拌几下，那丝丝的甜味好像走得很慢，满嘴都是凉爽与清甜。也有喜欢吃咸味的，直接放点盐、香醋、葱花和芫荽即可。

洄泉人辛苦，如果在山沟里劳动一天，回到家里，能吃上一碗加糖或加盐的榆钱，那种舒坦劲儿，真是难以言喻。那年，我大概十岁，记得那是一个星期天，奶奶又让我去给她家拉甜水。作为条件，奶奶答应等我把甜水拉回家里就可以给我吃榆钱了。最后，我跟我大爸爸张忠彩合作完成了任务。当时，正是中午，我坐到奶奶家的台子上时，还喘着粗气，想歇上一会儿。奶奶给了我一碟子拌着白糖的榆钱，几乎还没尝出味道，就所剩无几了。

现在想，那个时候，真的很饿，肚子里没有任何油水，不然一大碟子，吃完了怎能没有感觉？

洄泉记忆

洄泉村里吃榆钱儿，特别是用榆钱煮粥和煮拌汤，是比较有名的，方圆几十里都认为，这是洄泉人发明的。

煮粥的做法，就是把葱花与蒜苗过油，与榆钱儿一同烹炒，然后在这三种食材中直接加水烧开，再根据家里人的多少，往锅里下小米开始煮粥。由于榆钱儿同蒜苗和葱花已经炒熟，那种青油的香味，一直笼罩在锅里，油花花漂浮在上面。有些家庭条件好的，在榆钱儿同蒜苗和葱花快炒好时，还要加进去自家的腌肉，就更别提有多香了。

煮拌汤，就是事先把榆钱儿同洄泉浆水里面的菜一起切碎，跟腌肉放在一起烘炒。这些肉和蔬菜快熟时，再加水烧开，然后，锅里调上拌汤，大约五六分钟之后就可以食用了。从宁夏来洄泉的邢元老汉，他没有念过书，但从小见过世面，也善于思考。20世纪80年代，我们一起在兴泉滩看菜园子时，邢元老汉曾说过，他去过宁夏、内蒙古和甘肃的很多地方，见过不少榆树，但会用榆钱儿做这么多种食物的，唯有洄泉。

笼蒸榆钱儿，是洄泉人做榆钱窝窝头的基本方式。用水浸泡榆钱十分钟以上，多洗几遍，不停地揉搓，再放在笸里控水，并且还要把榆钱下面的花蒂摘掉，整个榆钱就成了一片一片的，非常清爽与洁净。然后把榆钱儿与苞谷面放在一起，和的稠一点，开始用手捏窝窝头。最后摆入刷过油的蒸屉内，蒸上五六分钟就可以吃了。

洄泉村里有一个说法，"榆钱窝窝头，要放腌猪油"。就是在榆钱窝窝头熟了时，将腌缸里挖出的猪油滴在窝窝里，立马就滑润喷香了。有一年，我大约八九岁的样子，中午吃饭时，我妈妈领着二哥、我和妹妹来到了师大大家。估计是大人们提前就说好了。进了门，我们就吃上了榆钱窝窝头。那种带有猪油、苞谷面和榆钱的混合香气，不仅发自食物，而且也渗透了爱与亲情。

对于榆钱的吃法，我还是认为，洄泉村里将榆钱儿作为馅子，包着吃包子或饺子，风味最为独特。

吃包子或饺子，洄泉村里分为两种，一种是将榆钱加鸡蛋作为馅料，另一种则是榆钱加上腌缸肉为馅料。这两种做法，味道极其鲜美。有一年的春三月，好像是鲁姓人家要嫁姑娘。前一天，跑东的人们便在鲁家吃起了腌缸肉和榆钱为馅子的大包子。过了几年后的一个春节，村子上的好多年轻人都在代元信家里玩"拍馒儿"，输赢仅仅是分分钱。不知是谁起了个头，大家便开始说起这几年吃过的最好吃的东西，大家都对鲁家喜事上的大包子赞不绝口。

后来，我也想过洄泉村里做榆钱的方法为什么丰富。最主要的是那种不怕困难的意志，那种探索不止的精神，那种求实创新的劲头。

当年，榆钱饭是普通饭，是十足的农家饭。如今，物以稀为贵，榆钱饭由于是绿色食品，进入城里的大饭店后，价格昂贵，反倒成为珍馐佳肴。当然，无论怎么做，我都再没吃出过洄泉家乡的风味来。

磨麦棱

磨麦棱，是洇泉村里对尚未成熟的小麦的一种制作方法。当年，绝大多数是在青黄不接时才吃。

磨麦棱，首先要选择还没有完全成熟的麦子。如果选择早了，麦粒儿尚未定型，在磨坊里就磨不出麦棱棱。选得太迟的话，麦粒儿已成熟，没有可塑度，更没有延展性，也不适合做麦棱子。

洇泉村的沟岔里，女人们随便选择长势好的麦穗采集，不用晾晒，直接放在磨盘上，让驴儿欢快地转几圈，问题就解决了。麦穗磨一遍就行，用筐子装起来，拿到院子里通风的地方，经簸箕一扬，绿茵茵的麦粒儿就丰满地裸露出来，姿态娇娆，令人爱怜。

把麦穗变为麦粒，是洇泉村里磨麦棱的第一步。为什么叫棱棱呢？洇泉村民们认为，把麦穗儿通过磨盘碾压成麦粒，一部分麦粒儿就会被碾压到了一起，就像开花的棱棱一般。因而，洇泉村里就这样叫着，一直叫到了现在。做麦棱的妇女，在蒸笼里先铺上一块白布，将麦粒倒在白布上面，蒸大约十分钟就可以了。麦粒儿蒸熟之后，显得格外翠绿，一眼看去，秀色可餐。

麦粒儿本身就有黏性，经过磨盘碾压和笼屉蒸熟，又增加了小麦的韧劲儿，大大延伸了饱满度。蒸熟之后的麦粒儿，麦香四溢，闻起来或看上去，都令人垂涎欲滴。

一般情况下，麦棱棱蒸熟出笼之后，会把白糖撒在上面，用手搅拌一会儿，再捏成椭圆形把把，一个个摆放在案板上，就像馍馍一样抓着吃。

吃麦棱子几乎都在晚饭时。洄泉的沟沟岔岔里，夏日，温度是一年中最高的。村民们在高温环境下干活，真是特别辛苦。回到家里，坐在屋子的台子上，吃现蒸的麦棱，再仰头喝一碗凉开水，顿觉身心舒畅。

记得我们小时候这样唱过："麦棱子长麦棱子短，洄泉的麦棱两头甜，站在野狼沟往左看，看见了东边的野狐岘……麦棱子长麦棱子短，里面炝的是腌肉片，听说姑舅家没有做，张家鲁家一大碗。"这个小曲子应该也是李福编的，唱出了洄泉村里的其情悠悠与其乐融融。

一天放学后，我跟代元信去山里拾粪，路过邢得才家门口，那麦棱子炒腌缸肉的味道从屋子里飘了出来，真的好香好香。那天，我和代元信在他家门口等了好一会儿，大声喊着邢得才的名字，想让他听见，能出来给我们给些带肉的麦棱棱。但是邢得才家的院子比较大，多是西房子，要走好长的过道才能出门，所以我们就没能如愿。第二天上学的路上，我和代元信还在埋怨"老绷"邢得才呢。

除了用手捏成麦棱把把之外，还可以有别的吃法。洄泉村里，蒸熟麦棱之后，先要晾好长一段时间。然后再舀到碗里或碟子里，放上盐、辣椒、香醋、蒜泥、葱花和芫荽，搅拌一会儿后就可以开吃了。

洄泉村的磨麦棱，拌着白糖、辣椒面、黑芝麻和芫荽，一般都会有白色、红色、黑色、深绿色和浅绿色五种颜色，精彩纷呈，争奇斗艳。倘若在一个大大的碟子里不停地翻动，这些麦棱棱子，一会儿白，一会儿红，忽儿呈黑色，忽儿又变绿了……让吃的人或看的人都会觉得生活真的是五彩缤纷的。

洄泉村里有端饭送饭的传统习惯，尤其是青黄不接之时的榆钱饭和麦棱棱，都要给周围邻居端上一碗，特别家里有老人的，必须要送去一碗。外婆多次来我家，因为洄泉有她思念与牵挂的人儿。有一年，外婆坐拉石膏的马车从沙塘子来到了洄泉，路上颠簸了好几个小时。刚到我家，院子背后的余家奶奶就端着个搪瓷大碗来了。原来余家奶奶刚做了麦棱棱，前面给我妈妈端了。后见我外婆来了，余家奶奶又紧赶慢赶地送来了一碗……

洄泉村里，比较有特色的磨麦棱吃法就是包饺子。用麦棱包饺子，我认为是洄泉村里的创造与发明。假若磨麦棱的人家要准备吃饺子，便将麦棱和腌缸肉一起剁碎、剁细，接着再放点盐和芫荽，还有一种调料，洄泉话叫"奇椒"，也是定西和会宁人炝浆水最好的作料。

奇椒这种植物长在洄泉沟岔里，大多长在野狐岘沟的右岔，基本上分布在阴面的山峦上。奇椒在春天和夏天只是静静地生长，叶子也是绿色的，却不会开花，很少有人会注意到它们。大致到了八月，奇椒就开始开花了，是淡蓝色的，到十月底基本上就成熟了。洄泉村的妇女们在劳动之余或下工之后，会带上小筐筐，用手轻轻一捻，就将奇椒收集到了筐筐里。

洄泉村里的人们，只有在吃麦棱腌缸肉饺子时才会用清油炝上一把奇椒，如同现在的味精提味。有时，家里什么都有了，但没有奇椒，还得上东家串西家借上一点儿。后来，我工作在外地，偶尔到洄泉，也问过村子里的人，岁数大一些的还能记得奇椒，年轻人就根本不知其为何物了。

乡愁，往往就是从下一代人遗忘我们记忆里最珍贵的东西开始的。

打铁花

洄泉村里,最美好的时光莫过于春节。

春节期间,所有的活动,诸如踩高跷或扭秧歌等节目,都是非常吸引人的。但我觉得,洄泉村里最难忘的一项民俗娱乐活动就是打铁花。

打铁花是洄泉村里的一项传统技艺,源于明朝中晚期,盛行于清代,距今已有六百多年的历史了。现在,洄泉村里已不打铁花了,没有打铁花的老师傅,也就缺了那种氛围和环境。

洄泉村打铁花主要有三个原因:一是乞求来年吉祥,通过打铁花镇邪,保佑村子里的人们平平安安,期盼新的一年福星高照。其次是取"打花打花,越打越发"的谐音,寓意新年新气象,希望村里的每个商户都能生意兴隆,大吉大利。另外就是将打铁花与民间小曲结合起来,通过打铁花与演唱小曲的融合,使民俗活动与民间说唱紧密相连,以形式演绎内容,用内容拓展形式。

从明代开始,洄泉村里已有了炼铁和打铁的小炉匠铺。到清朝修建了洄泉堡子以后,在堡内的西南角上,有四个铁匠铺,煅打与淬火之中,不断更新和完善着洄泉村的农具,让它们能闪烁出更耀眼的光芒。有了炼铁和打铁的,就肯定要展示铁艺。所以,对洇泉村来说,打铁花应该还有另一原因,就是通过一片片绽放的美丽铁花,来宣传村子里的那些铁匠铺,通过铁艺来招揽生意,有广而告之的作用。

洇泉村里的打铁花,是以炼铁炉、风箱为工具,以生铁、焦炭和木屑为原料,主要原理就是利用特制的木棒击打炽热的铁液,最后在空中形成四处辐射的火花。传统的打铁花,洇泉村里需要的基本器具有老风箱、小铁炉、耐火罐、陶勺、耐火锅和木板,有了这些东西,打铁花就可以付诸行动了。

熔化铁块所用的陶罐以及盛舀铁液的陶勺,都是用当地的耐火陶土烧制而成的。在去石膏矿主产区的路上,有一处叫"红土洼"的山包,这里的小山包一座连着一座,土质有别于其他地方。洇泉村的耐火陶土,就是这里的土了。以前,就在"红土洼"附近,有专门烧制陶罐和陶勺的窑。每年到了深秋时节,生产队里就派出师傅,连续二十多天,一直坚守在红土洼上,精心制作那一个个罐和勺,为当年春节期间的打铁花提前做着准备。

打铁花的木板上,掏挖着一个不小的坑,实际上就是木屑碎渣制成的,它是用特制的模具将木屑与碎渣倒扣在木板上形成的。木板上的小坑,较为巧妙解决了木屑与碎渣在击打过程中,由于板面放置不平,从而造成侧泄进而影响击花质量的问题。

表演打铁花时,主打者手里平端着一块宽约20厘米、长约60厘米的木板,在木板前端的小坑里盛放一撮锯末,用手加压使锯末呈鸟窝状。此时,旁边的炉匠在锯末上倾倒一小勺烧得通红通红的铁水后，锯末就立即燃烧起来，产生的热量使得铁水保持在液化状态。这时，主打铁花的小伙子平端着木板，快速跑出五六步，把木板上扬三十厘米，紧接着，迅速下压木板，利用惯性将铁水和燃烧的木屑抛离木板。几乎同时，主打者又用木板猛烈击打即将下落的铁水和燃烧着的木屑，将它们打散在天空中，满天都是火花点点，绚丽多姿，一片"火树银花不夜天"的景象。

小的时候，每年从正月初十开始，师傅们每晚用三个小时来表演打铁花，一直持续到正月十五元宵节。那时，我不敢到打铁花的最前沿，生怕铁花溅落烧坏衣服。打一场铁花，洄泉村里要架起四台火炉，许多生铁片被放置到了炉子上的陶罐里，并不停地用风箱鼓风将它们化成一罐罐滚烫的铁水。铁水熔好以后，就需要击打者登场。尽管技术和动作并不复杂，但是把握时机却有难度。击打者要仔细观看每个陶罐里的火候，精确控制铁花的方向、辐射范围，然后，吼叫一声"出花"，便开始击打铁花。

最令人叫绝的是，洄泉村里不仅把打铁花当成技艺来表演，还将击打铁花与小曲慢唱紧密结合，这在其他地方却不多见。在做前面各项准备工作时，洄泉村几个爱唱小曲的人便哼唱李福编写的小曲，借助风箱的一推一拉，形成了一种韵律，就像是击打铁花前的过门、烘托和点缀。

每次打铁花时，都有好多唱词，但大多我都忘记了。只记住了这么几句："正月里来正月正，洄泉村里铁花红，一板击出三千里，来了个火树银花灯……正月里来正月正，洄泉村里铁花红，生铁都能滚成水，数九寒天呀暖如春……"

洄泉村里打铁花，最关键的是每一场花会中烧炉子的、灌铁液的和打铁花的三者间相互协作、配合默契，做到了分工明确。这是一项靠团队协作取胜的完美演出。

晚上打铁花时，打铁花者以不同的力道与角度，结合现场的风向、环境和气候，打出了一朵朵千姿百态、争奇斗艳、炫目绽放的"铁花"。特别要提到打铁花的主打手，这活儿需要一个有力气又有速度的人选。在现场，小伙子始终铆足了劲儿，运用惯性将铁水与木屑抛离之后，又马上用木板快速用力击打，他像是一位舞蹈演员，尽情地变换着身姿，忽而温柔细腻，忽而刚烈疾驰，全场就一直围绕着他这个核心。

因而，从某一角度看，打铁花质量的高低取决于主打者的临场决断能力以及个人的气势。

在铁花飞溅的过程中，洄泉村瞬间变幻出了一种从未有过的美丽，让人仿佛能看到村子昨天的富贵、今日的丰盈和明日的灿烂。尽管打铁花是一项苦力劳动，但作为一种精神追求，已成为洄泉村里老老少少的挚爱。他们通过打铁花，提升境界和培养自信。洄泉村的人们坚信，未来的生活会红红火火，今后的日子会过得幸福甜蜜。

听村上的老人讲，洄泉村里的打铁花源于景泰县大芦塘的张铁蛋。那是在洄泉村里的皮货生意非常发达的时候，南来北往的商人络绎不绝，为了促进商业兴盛和稳定客户，村子里就请来了打铁花的艺人张铁蛋，也包括张铁蛋的后人们。鲁杰先的父亲，曾经是洄泉村里打铁花的中坚力量，也就是主打手。鲁杰先说，他小时候听他父亲讲，打铁花需要力气，但并不是说技术不重要，关键就是火候的把握与临场的发挥。

小时候,我见过鲁杰先的父亲,非常魁梧,体态很好,留着浓密的胡子,一看就是有筋骨与力量的人。

洄泉村里保留下来的打铁花项目,主要有天女散花、鸿运当头照、金道万万闪和洄泉大丰年。尤其是洄泉大丰年,一般先是从西往东抛,再由西向东打,容易形成满天星光的效果,宛如礼花,极为璀璨。

打铁花的场面恢宏壮观,气势磅礴,极具观赏性。

我相信,任何一位目睹过洄泉村打铁花的人,都会深深喜欢与爱上这项群众性的文化娱乐活动,更会为洄泉村的村民们热爱生活、热爱家园、热爱乡邻的情怀所感染。

点马灯

昔日农村里，没电，照明只能靠煤油灯。

当时有一句顺口溜，是农村生活的真实写照：通讯靠吼，交通靠走，耕地靠牛，点灯靠油。

洄泉村里，我上学读书时没有等到通电。

最初是清油灯，光线微弱至极。后来，有了煤油灯，总算在昏暗中有了些许的亮光。

从我记事起，天黑以后，就早早地躺在了土炕上，有时听父母闲谝，有时就跟兄弟姊妹们摸黑打着玩。有了煤油灯以后，洄泉村里照明有了大的改变。尤其到了夏天，晚饭后人们可以坐在台子上聊天，甚至可以聊到很晚。

马灯是农村里的一种传统照明用具。之所以叫马灯，是因为这种灯具诞生时，主要是为夜间外出远行的马队照明的。

在洄泉村，马灯出现在 20 世纪 60 年代初，是当时农村广泛使用的室外照明用具。洄泉村的每户人家基本上都有马灯，属家中贵重之物品。不过，在室外几乎没有照过明。因为，洄泉村全是旱地，不用夜间给田地浇水。

洄泉记忆

我觉得，洄泉村里真正能用得上马灯的，有两个时间节点：一是过年，一是在沙坑里抓鸽子。

遇到过年时，家家户户都要点起马灯，用温暖明亮的光芒，照亮和滋润家人的幸福，连同每个角落里的记忆。过年那几天，晚上进到堂屋里，能够看得更清晰、更透彻和更圆满。冬天时，村子里大一些的年轻人想吃肉，会提着马灯，到井槽子西边的砂坑里去抓鸽子。抓鸽子时，要四个人各拿床单的一个角，等两个人下砂坑之际，迅速用床单盖住整个砂坑上面的口。此时，下去的人用马灯照着坑口，受惊的鸽子就冲向床单，这等于是自投罗网。

我家是1975年搬迁到兴泉滩上的，一直到20世纪80年代，家里频繁使用马灯。尤其到了兴泉滩后，土地全是水浇地，从开春到夏收，乃至到了秋收结束，包括冬灌，经常要晚上浇水。因此，家家外出都要用到马灯。

我家的马灯主要由我大哥郑天福掌管。他对马灯极其喜爱，座子也好，灯罩也好，总是擦得溜光溜光的。

兴泉滩时，农村有插队的知识青年，我们队里就有从白银来的知青，岁数跟我大哥差不多，他们经常来往，有时来家里吃饭，也会住到我家。当时有个姓孟的知青，好像是兴泉滩知青点的负责人。有一次回白银探亲，返回村子时，手里拿着一个盒子到了我家。原来他回白银后，专门去商店里给我大哥买了一盏马灯。不知道是我大哥给孟知青事先说了，还是孟知青自己决定要买的，但不管怎样，我大哥特别喜欢。

每当晚上外出浇水，我大哥总要提着它，一个支渠一个支渠地走，一块田地一块田地地穿，马灯真的成了我大哥的心头所爱，贴身随从。

马灯的构造并不复杂，主要有灯座、灯头和灯罩等几部分组成。灯座是盛放煤油的容器，旁边有个加油孔。与灯座上边相连接的是灯芯口，向外伸出灯芯控制旋钮。灯头部分主要有灯框、灯系和能够上下提拉的带有排烟口的控制盖，能够将玻璃灯罩取出和固定，上小下大的弧形灯罩，既可防风又能增加亮度，灯罩外有起固定与保护作用的铁丝箍。

与农村传统的自制煤油灯相比，马灯不受风力、环境和气流的影响。到了20世纪七八十年代，洞泉村生产队的瓜房里也挂上了马灯。一次，我跟邢得才、代元信去偷瓜，看瓜人是一队的"哎个子"老汉。我们悄悄趴在地里摘瓜，可能声音传到了瓜房里，"哎个子"老汉走出来站在门口，咳嗽几声，就不停地朝地里张望。远远地，我们能清楚地看见"哎个子"，但他啥也看不见。房子里明亮的马灯无形中帮了我们。

现在，回想起马灯，总有一种特殊的情愫萦绕于怀。

每到过年，平日里节俭的父母会破例让灯亮个通宵。天色暗下来后，随着父亲一声："快，点马灯。"我就利索地取来马灯，小心翼翼地划着火柴，点燃灯芯。马灯亮起，就像有一股力量在延伸，给每个人都带来了温暖，带来了刻骨铭心的温暖。

晚上，看完了社火，一家人围坐在热炕上，望着点点闪烁的马灯，那充满希望的光芒会洒遍屋子里的每个角落，包裹着屋子里的每一个人。家里有了灯光，一切都会变得很祥和，妈妈坐在炕上，就着马灯闪烁的光芒，一边纳鞋底，做针线，一边跟爸爸唠嗑儿，我们很幸福地围绕在父母的身旁。

虽然马灯的构造简单，操作起来难度不大，但作为照明工具，在我们那个年代，确实发挥了很大作用。马灯是伴随和见证我们成长的用具。

20世纪90年代初，村里通上了电，马灯瞬间就成了摆设……

走窝窝

小时候，我特别喜欢玩"走窝窝"，觉得过瘾。这是洄泉村里的男孩子们最普遍的娱乐活动。

"走窝窝"不需要专门工具，随时随地都可以玩，时间可长可短，不受约束。参与的人不需太多，一般两个人对垒。有时"走窝窝"的现场会有许多人，都是在旁边观战、加油助威的。

"走窝窝"的时候，双方相对而坐，每个人在前面各挖五个窝窝，这些窝窝要互相对齐。窝窝挖得并不是太深，里面能装五个小石子或五颗羊粪蛋即可。有时候，遇到土质比较坚硬，可能挖窝窝就不是那样轻松了。此时，双方商量另找地方，或者干脆直接在地上各画五个圆圈替代窝窝。

"走窝窝"是我们那个年代特有的娱乐方式，有一定的趣味性，也带有一定的竞技性，很吸引人。有时候，两个人"走窝窝"，从下午拾完粪起，一直能走到天黑，还分不清胜负。

洄泉村里的"秀才洞"冬暖夏凉。每年冬天，我们总会去那儿玩。我和代元信、邢得才，还有张延满和韩常福，放学后先到大洄泉沟或小洄泉沟拾粪或挖柴。给背筐里拾满了粪或将挖的柴捆好之后，我们就一路向北，朝家的方向前进。一般到了金银陡𠃊，都要缓一会儿。因为，此处离家最近，翻过金银陡𠃊，就能看见村里的每户人家，可以望见袅袅的炊烟了。

很多时候，我们会坐在秀才洞里，感受冬日里难得的阳光，让温暖涌遍全身。我和代元信开始"走窝窝"了，当我俩玩得起劲时，秀才洞的门口，会陆续涌来好多同伴，大家有说有笑，一脸愉悦。

在我们成长的岁月，"走窝窝"让流逝的时光充满了诗意。

"走窝窝"可快可慢。有时候，一局"走窝窝"能走好长时间。一攻一守，能进能退，打发了不少时光。遇到性格急躁的，总是不断催促对方，多次提醒该走窝窝了，但另一方不慌不忙，不急不恼，眼睛一直盯着窝窝，嘴里还念念有词："走一窝，走一窝，过去之后掏一窝；如果没有空窝窝，还是不如停一窝……走一窝，走一窝，前面还有窝连窝；空手过去赢窝窝，最终胜利大窝窝……"

我跟代元信"走窝窝"多一些，两个人的速度差不多，几乎没有出现等待或催对方的情况。跟邢得才也走过，从表面上看，这个"老绷"性格比较急，玩的时候骂骂咧咧，老让人觉得他生气了。其实不然，"老绷"说话嘴劲比较大，当别人看着他好像生气的时候，再喊叫上几声，他马上又抿嘴笑了。

跟同学们玩"走窝窝"，也是一种快乐，是一种发自内心的欢喜，根本不掺杂其他的因素在其中，这就是伴随我们长大的经历与过往。尽管，最终输赢的只不过是一把仍然留在原地的小石子或羊粪蛋，但它带有竞技的因素，让我们在需要激励的那个年代，得以振奋与欢乐。

说到底,"窝窝"是我们的,是我们那个年代特有的,也与那个时期匮乏的生活有极大关系。哪怕"战斗"再激烈,怎么玩都分不出胜负,不会影响任何一位当事者利益。即便让其中的一方大获全胜,大不了也是赢了所有窝窝里的石子或者羊粪蛋,最多也就是二十五颗小小的石头或区区的羊粪蛋。这些石子和羊粪蛋,在洄泉村里随处可见,不需要寻找,出门左拐,或者右移,都可以轻松捡到。等到玩窝窝结束后,那些前面还在争呀抢呀的小石子呀、羊粪蛋呀,就会立马失去了其价值,静静地躺在那些并不深邃的窝窝里,直到双方早已走远,哪怕已入天涯,窝窝还在,石子或羊粪也还在……

在洄泉学校上学期间,"窝窝"是我们的最爱。下课之后,就有学生疯跑,三个一群,五个一堆,有自己摔倒的,也有互相绊倒的,叽叽喳喳,笑声满天。学校里"走窝窝"的地方,在教室后面靠近猪圈的那片平地上。"窝窝"都是长期玩的旧址,下了课的学生们迅速趴在地上,你一窝我一窝,先胜走完再一窝……

"走窝窝"是20世纪五六十年代成长的农村娃们长久的记忆。不过,时过境迁,任何出自民间的玩法都会过时,或者被冷落。为了写这本书,我多次到老家洄泉,也曾问村里的年轻人是否还会"走窝窝",回答令我沉默,曾经让人激情澎湃的游戏活动现在已难成气候了。

2019年春天,树叶还没有发出来,地上还是光秃秃的。我到了洄泉村搬迁到景电二期四个山附近的"老绷"邢得才家,是和代元信一起去的,下午下班后,李作品也从扶贫村上直接到了邢得才家。在"老绷"家里,我们吃了他专门让人做的羊肉就糁饭,味道特别好。

问起"走窝窝",几个同学都知道,但具体怎么个走法,已经没有人能说得上来了。

曾经,洄泉村里,"走窝窝"风行一时,那种狂热与偏爱仿佛与这个村庄连着筋骨,是她生命的一部分。记得在当时,一些老人也参与我们的活动,他们异常认真,尤其在关系到输赢方面,谨慎细致,他们会一步一步地走,也会一窝一窝地丢。有时思虑上半天,才下手走上一窝。跟这些老人们相比,洄泉的孩子们灵性,无论老者如何思谋,年轻者却常常会出其不意,一招制胜。

此刻,我的脑海里,"走窝窝"进行得正异常激烈,双方对峙,剑拔弩张。虽然如此,但笑声不断,充满了快乐。战场就在洄泉,就在翻过金银陡岓的秀才洞里,就在我的心里……

滚铁环

在洄泉学校上学期间,我正儿八经接触到的体育项目,就是滚铁环。

记得那时候也打篮球。篮球属于学校的,只有在上体育课时,高年级的学生们才能打一打。

铁环,洄泉学校好像有十几副。上体育课时,老师让学生们抱来,在操场上滚来滚去。

洄泉村里,滚铁环盛行于20世纪六七十年代。上学的娃娃里面,男孩子们几乎都有自己的铁环。现在想,滚铁环对当时的农村来说,可能是一个新游戏,跟"走窝窝"相比,玩法和规则根本不同,已经有着全国统一的竞赛标准。

说起铁环,我就想起了我奶奶。那时我二哥郑天军跟我奶奶关系很好。倘若张家爷爷出了远门,如给生产队看洋芋,晚上肯定不回家,这时我二哥便去陪我奶奶。小时候,我二哥话少,比较憨厚老实,反正我没有见过他跟我奶奶说过什么,大多是我奶奶不停地讲述,他只静静地倾听,有时会点点头。但不管怎样,不可否认的是这祖孙二人的关系非常亲密。

我奶奶家有两只木桶，是专门用来拉甜水的，可能是时间长了，其中一个坏了。木桶是用两个铁环箍起来的，只不过环边宽了一些。我脑子活，想到了废品利用，做两个铁环。我的想法，奶奶采纳了。最终，奶奶把一个铁环给了二哥，还让我大爸爸张忠彩帮着做了"U"字形手柄，让他能像别人一样，滚着铁环奔跑起来。无论我说了多少好话，奶奶却没有把另外一个给我，而是自私地锁在了柜子里。所以，我是班上唯一没有铁环的男孩。

尽管我没有自己的铁环，但由于生性好动，对铁环的滚法与窍门并不生疏。平常在家里，如果与代元信和邢得才等人约好，要去生产队的碾场上滚铁环，我就会拿上我哥的铁环。在学校里，其他男生都有铁环，我会穿插用他们的，也经常一起比赛，不断提高自己驾驭铁环的能力。

后来，我跟母亲到外地乞讨结束，回洄泉学校念四年级，邢得才给了我一副铁环。下午，刚放学走出教室，邢得才就轻轻地拉了一下我的衣角，暗示是有事情让我跟他一起走。出了学校的门，邢得才告诉我，他要给我一副铁环，是他家箍木桶的。到了他家，邢得才就从小房子里拿出了铁环，给了我一个顶头是"U"字形的铁棍，手抓的地方用废旧羊皮扎住，冬天手心暖和，夏天可以吸汗，这个肯定是他妈妈做的。

出了邢得才家的大门，我便滚着铁环飞奔起来，内心里有说不出的兴奋，这是真正属于我自己的东西，由我支配和使唤。那天回家，我在院子里滚了好多圈，等着家里大人们问是哪儿来的，但他们都没有注意到，好像任何事情都没有发生过一样。

在泗泉学校里，滚铁环一直是我的强项，往前或者后退，我都会用手柄轻轻滚动抑或拉扯，可直走，可拐弯，可飞跃，可慢行。"哐当当——哐当当——"的铁环声，伴随着我的笑声，天真地表达着无拘无束的童趣。往后不久，代元信又给了我三副小铁圈，套在大铁环上，滚动起来声音更加响亮，这快乐的交响曲是伴随我成长的妙音。

记得上小学时，有一年国庆节前夕，泗泉学校召开了运动会。当时，我报名参加一百米滚铁环比赛。老师的一声哨响后，我用铁钩带起了铁环，边看前方比赛通道，边紧紧地推动铁环向前奔跑，周围都是加油和呐喊声，最后，我第一个冲过了终点。这一百米的滚铁环比赛是我从小学到大学毕业，拿过的唯一一次体育奖项。

不错，凡是滚铁环比赛现场，场面绝对热闹。当铁环如发动着了的机器，轰鸣着，所有观众的目光都被吸引到了它身上。当它奔走如飞时，参赛者的脚步快速朝前移动，神情专注。那一刻，由远及近的风儿，且绽且歌的花朵，都会渐渐成为过客。

滚铁环的最高境界有两种：一种是绕障碍物。泗泉村井拐子稍微往西的沙坑就是我们的比赛场地。为了体现能力和水平，我们专门设置了障碍赛，就是铁环不能走直线，必须走曲线，在小石堆与小石堆之间穿行，看最终谁能拿上名次。记得那个沙坑特别大，估计坑底的直径都超过了三百米。邢得才、代元信、张林杰、李志才和我参赛。最终结果并不重要,但过程很是激动人心。另一种是倒退。就像朝前走一样，倒着向后滚动，毫无阻滞，依然飞快。

铁环与学生，演绎着一种包容的互补，碰撞着一种和谐的递进。

我始终觉得，铁环有滚动向前的态势，吸引滚铁环的人跑动起来，不断追求前面的目标。同时，凡是滚铁环，都是在室外广阔的田野间活动，追逐的是草芥，是花朵，是石头，需要有克服困难的勇气。我认为正是有这两方面的原因，铁环在洄泉村里颇受欢迎。

以前，在小学课本上学过《滚铁环》，觉得写得极其优美，仿佛作者就在我们中间，有好多章节我还记在脑海里："晨光里，乡路上，我滚着铁环向前跑。铁钩和铁环摩擦，发出'丝丝丝'的声音；铁环在路面上滚动，发出'叮叮叮'的声音；我追撵着铁环，脚步拍打地面，发出'踏踏踏'的声音，你合奏着一支悦耳和谐的乐曲，跑进了刚刚醒来的早晨……"

好像在小学五年级的时候，语文老师布置过一次习作，题目是《童年趣事》。我们全班有学生三十六人，写滚铁环的至少有二十七八个。其中，还有好多女生，她们也是非常喜欢滚铁环的。记得语文老师张发武在课堂上评点过优秀作文，好像表扬过张霞祥和李作品。

滚铁环有利于小孩子的身心健康，能够锻炼人的应变能力，提高注意力，不失为一种积极向上的全身运动项目。

我也觉得，滚铁环是一种不屈不挠精神的外现，仅凭扎扎实实向前冲的劲头，也值得普及和推广。

做弹弓

洄泉村子里产榆树,虽不是很多,但枝杈完全可以满足小孩子制作弹弓的需要。

弹弓最主要的部件就是带有"Y"字形的枝杈。相对而言,榆树的树杈有韧性,不易拉断,满足制作弹弓的要求。

我们先是挑选好榆树枝杈,然后,再用镰刀或菜刀削去粗皮,在阴暗处自然晾放十天左右,脱去水分就可以了。绝不能操之过急,不可直接在太阳下暴晒。

洄泉村的榆树,主要集中在三处,第一是涝坝旁边的墩墩滩上,这是生产队里的集体树林,大多是沙枣树,但在靠近张家庄子的北面也有少量榆树;第二是井拐子附近,有十来棵榆树,因种植时间长,树体粗壮茂盛,是村口的一景;第三是村子上一些村民家的树,如张延满家,有两三棵,王崇山家有一棵,姚家和张相孔家的菜园子里有五六棵,长得都非常茂盛。

洄泉村里,特别是我们这些小孩们,心里感恩榆树:春天,榆钱喂养着洄泉人的胃口,而枝杈却寄托着我们的另一个希望。

在古代,弹弓是一种冷兵器,用来远距离击打对手。后来,多作为游戏工具，最主要的就是狩猎，皇族或贵族携带奴仆，拿捏弹弓，在自己的领地或野外打猎。我国的古诗中就有相关的记载："断竹，续竹，飞土，逐肉。"意思是进入竹林选择砍伐竹子，制造出弹弓，然后再到领地或庄园里，将那一个个用泥土制成的弹丸射出，以此射杀鸟兽。

弹弓的射程取决于"Y"字形枝杈两端上的皮筋，要柔软结实。一旦弹丸夹到了弹弓兜里，使用者用劲一拉，借助臂力的伸缩，就能命中目标。当然，跟打枪一样，要精确瞄准。

洄泉村子里，小孩们的弹弓做法很讲究，有的甚至还将"Y"字形枝杈上色，看上去很美观。

从历史上看，中国古代就有一种工具，叫作"射"，其实就是弹弓。从原理上看，弹弓与弓箭完全相同，都是依靠弹射力进行发射，只不过弹弓用的是弹丸，而弓箭用的是箭罢了。

在洄泉村里，使用弹弓的历史较长，至少在清代就已经有人使用了。公元1859年，张凤麟建起洄泉堡子后，洄泉村民曾在城墙使用弹弓，抗击袭城的敌人。

弹弓的有效射程在30米左右。如果射程过长，也就成了强弩之末，难穿鲁缟。暑假里，有好几年我都是负责放牲口的。每天早上吃过饭，我就要去生产队的饲养圈里赶牲口。然后再与二队的牲口混在一起，天天如此。第二生产队放牲口的是鲁家老汉，他家没男孩。鲁家老汉虽当过国民党的伪"保长"，但有点文化，生产队还是比较尊重他的。跟鲁家老汉在一起放牲口，我比较自由，他负责照管牲口，我拿着弹弓，东瞄瞄，西打打，尽情地玩耍。

那时，洄泉村里麻雀成群，经常一群接着一群飞。我手里有弹弓，最想做的就是打麻雀烧肉吃。每天都充满期待，不停地寻找麻雀，瞄准、发射，但每天都很失望，它们总是东躲西藏，一只也打不了。

后来，分析当时打不着麻雀的原因，一是臂力太小，毕竟是小孩，发挥不出弹弓的威力，稍微远些的目标根本就打不着；二是因为麻雀特别狡猾，落在树枝上，即便一点儿风吹，引起的就是草动，所以打麻雀难！

我知道的，同学里面，或者哥哥们中，没有一个人打准过麻雀。因为，我没有亲眼看见。有时候，私下听人说，某某人打了几只，麻雀肉特别香等，其实都是在吹牛。只是表达一种欲望，是人们想得到而又得不到的自我安慰而已。1999年夏天，我去武汉出差，在靠近东湖的一个农家乐里，终于吃到了麻雀肉，虽然很辣，但味道真的很香很香。

所有的游戏项目中，打弹弓绝不是雕虫小技。要真正打好弹弓，需练就高超绝技，极不容易。在好多传奇故事中，出现过几位弹弓高手，有如神助，所向披靡。这是神话，令人难以置信。但不管怎样，打弹弓的那些日子还是让我深深着迷，它给我的快乐、甜蜜甚至迷惘，都是一大笔成长的财富。

小学四年级时，我跟代元信、邢得才还有班上的好几个男生，去洄泉堡子里打弹弓玩。我们在原来的水井附近，用弹弓打南面堡子的土墙，上面有石头划下的一条长痕，这是命中的目标。几个回合下来，我是第一个被淘汰的，臂力太弱，几乎打不到南墙上。老绷邢得才得了第一，好像每一回合都能打到墙上，他那时岁数大些，身体条件好,筋骨比较壮实。那次,我的胳膊被拉伤了,给母亲不敢说,疼了好几天。

其实,作为游子,我们每个人都是弹丸。从洄泉故乡,被生活的弹弓射到了五湖四海……

戴花绳

小时候,端午节来临时,家里总要提前忙活。

洄泉村,没有吃粽子和米糕的习惯,也没有龙舟竞技。洄泉村里的端午,主要就是戴花绳、采艾蒿、喝雄黄酒、插柳条和吃麻腐包子。

洄泉,戴花绳是一项不能少的规矩。

花花绳是端午节前,家里面的女人们利用茶余饭后用五种颜色的彩线搓拧而成的。花花绳特别鲜艳,在物质匮乏的年月,这根细细的彩色之绳就是美好的希冀。

戴花绳,需要看时辰。这是家人的祝福,里面凝结着长辈们深深的爱。端午节前夜,大人们说要等到十二点才能正式系上花花绳。但小孩子们瞌睡多,等不到就睡着了。所以大人们会早早拿出来,给我们手腕和脚腕上,戴上美丽漂亮的花花绳,带着无限的温馨,孩子们就安心地入睡了。

端午节那天,我们会很早起来,先到邻居家里转一圈,主要是炫耀自己身上的花花绳。邻居家的老爷爷老奶奶们,叔叔和婶婶们,肯定都会不停地夸奖与称赞。有时他们还拉住我们的胳膊,在手腕上不停地翻呀看呀,都说今年的花花绳比去年的要好看得多。其实,

洄泉记忆

去年花花绳是什么样子，我们早已忘记了，很可能也是这些大人们故意那样说的，就是为了让我们高兴，也是给我们祝福和希望。

有一年，我戴着花花绳去代元信家玩，"老憎"的妈妈翻看着我的手腕，一遍又一遍地说，你的花花绳真的很好看，比我家的要好看多了。夸得我心里那叫个自豪，也觉得自己的花花绳比别人的好，是全天下最靓丽的。

洄泉村子里，"花花绳"又叫"五彩绳"或"宛转绳"。

汉朝的《风俗通义》里，对花花绳已有明确的记载："五月五日，赐五色续命丝，俗说以益人命。"这是花花绳的使命和价值。

我记得，端午节前大致十天左右，每天生产队出完工回家，晚饭后，母亲就坐在炕上，把一只裤腿挽起来，拿起五色细线，在腿上不停地搓拧。有时，我们都睡了，母亲还在搓线，一遍又一遍，一根接一根。有一次，我看见母亲的腿有点红肿，问她疼不疼，她老人家说没事儿，不要紧，没什么感觉的。其实，这是母亲怕我担心，皮肤搓得红肿了，肯定会疼的，尤其是第二天，哪怕轻轻触摸一下，也是一种火辣辣的疼。这就是母亲对子女的爱。

在那个缺衣少食的年代，母亲不仅要拉扯儿女，还要运作家庭，向健康、有序和向上的目标积极迈进。很小的时候，母亲就给我们兄妹们讲过，花花绳有驱毒避灾的功能，只要及时戴上它，就能确保平平安安。但如果不戴花花绳，蝎子、壁虎、蜘蛛和毒蛇就会选择时机叮咬。

有了大人们的这些说教，小孩子们一定会听的。端午节快来时，我们都会盼望着戴花绳，让端午节能够快乐，让村子里能够平安，让村里的每个人能够健康。

端午节,是一年里阳气最旺的时节。洄泉村所处位置适中,加之砂石地带,正午之时,太阳高悬,人立马就能感觉到炎热。随着天气变热,许多动物开始苏醒,如蜈蚣、蝎子、壁虎、蜘蛛和毒蛇都开始蠢蠢欲动。这时候,我们就唱起儿歌:"端午节,天气热,一顶草帽头上遮,五毒醒来不安宁,预防第一很快乐。"

洄泉村子里,在搓拧花花绳时,不是什么颜色的彩线都可以用的。很早时,洄泉村子里就已约定俗成了,花花绳只能用青、白、红、黑、黄这五种彩线。村子上的老人们讲,这五种颜色是从阴阳五行学而来,代表着木、金、火、水、土,同时又蕴含着东、西、南、北、中五方神力,可以驱邪除魔、祛病强身。

洄泉村,对佩戴花花绳也是很讲究的。所有的人,在五月初四晚上,手脚都要戴上。有一年春节,大伙在生产队的空地上进行社火演出,鲁杰先的父亲和王玉老汉,还有一些中年人,倾情唱着《花花绳》小曲:"青白黑黄红,搓成花花绳;手腕和脚腕,都是花印印;端午阳气旺,驱退各种病……戴着花花绳,健康自然成;东西南北中,对应五方神;祛病又强身,保佑洄泉人。"

在戴花花绳的过程中,洄泉村里的一些老婆子,如大洄泉口上陈良雄的妈妈、张发武老师的妈妈以及山傍里王子和的妈妈,在搓拧的花花绳上,还能编制出花、草、鸟、兽等动物的形状,煞是好看。这些点缀与修饰花花绳的手艺,画龙点睛地烘托了节日气氛,也展示了中华绳艺的魅力。

在洄泉村的漫长日子里,每年能戴花花绳的时间不多,仅仅一个月。所以，我们很看重传统节日，看重这带有温度与情怀的佩戴方式。

是的，那个时节，无论你吃了什么，吃了多少，似乎都没有人打听，也没有人去评论。对于急需激励与鼓舞的年代，那种表扬和称赞是我们特别需要的，其中蕴藏着无法言明的引导、牵动和指引作用。

现在，想起端午节，不会仅仅想起各种食物，还有我们参与其中的快乐以及那些点点滴滴受到过的赞美，这些可能永远记存于心间了。

2018年夏天，我回了趟兴泉滩，后到景泰县城。晚上在代元信家里吃了羊羔肉还有糁饭。闲谝的时候，提到泂泉村里端午节的花花绳，无论是邢得才还是代元信，都念念不忘。当时，邢得才说了一句话，他说："那时的花花绳，就是一个人的全部希望。"我们为此感慨，认为总结得准确至极。

戴上或取掉花花绳，要有一定的仪式。一般情况下，五月端午前一夜，由母亲洗净手，父亲敬个香。然后，母亲拿着剪刀，根据每个小孩手腕和脚腕粗细剪绳，再给我们戴上。戴花花绳时，按"男左女右"来戴，这规则一直没有变。花花绳不能随意扯断或丢弃，戴到六月初六，才能由大人剪下来，扔到砂河里，等夏天下过大雨后，会被洪水冲走，象征不好的一切都会随之被雨水带着流向远方一样。

随着年龄的增长，到了上高中时，我就再没戴过花花绳了。

到省城兰州工作后，我见过花花绳。每年在端午节前的一个星期左右，许多商贩拿着一个简易的货架，上面摆满了手工制作的小老虎等动物，还有搓好的花花绳。这些时令性较强的小货物还是十分吸引人的眼球的。下班高峰时段，好多人都围着商贩，反复挑选这些商品，不停地讨价还价。

在兰州的广场西口，有一年，我又看见了卖花花绳的商贩，那些鲜艳夺目的商品，依然诱人，依然美丽，依然温暖着我的心头……我在一个商贩跟前买了几根花花绳。到家里后给在畅家巷读小学的儿子郑应鑫反复讲花花绳的作用，但他不愿意戴，只好作罢。

时代是不一样了。我们小时候，很盼望能戴上花花绳，特别希望得到邻居们的赞美，觉得那是一种荣光，一种无与伦比的荣光。但时下，暗淡了的又岂止是花花绳呢？

打水漂

打水漂，是我们小时候的水上娱乐活动。

洄泉村子里，打水漂的地方只有两处：一处是固定的，而且绝大多数的孩子都在此打水漂，这便是墩墩滩里的涝坝。我们有时是过来拉水时顺便玩一下，有时是专门约了伙伴来比赛的。我记得决战时，石片与水面轻轻摩擦溅起的水花晶莹透亮，尤其到了黄昏时刻，涝坝里的水波连同石片激起的浪花，到处都是金光闪闪，美不胜收。另一处就不固定了，要根据夏天和秋天下雨量的大小来定。有时是积满雨水的平地，有时是蓄满雨水的沙坑。第二处地方，雨停后就要寻找。战场往往在砂河里。我们围绕一个大的沙坑，找来自己要抛出的扁平小石块，划好起步线就直接开始比赛了。

打水漂不能用蛮力，要有一定的技术。抛出去的石片，不仅不能落水，而且要一直擦着水面往前跳，越远越好。跟代元信和邢得才玩，我基本上算优秀的，能够掌握合适的力度与倾斜度，石片落水比较迟，一直会点水不停，每次都惹得"老绷"邢得才不高兴，嘴唇老是一撇一撇的。

之所以打水漂选井拐子往西的沙坑，有一个更重要的原因，那就是可以顺道到生产队的瓜地里偷瓜。一般情况下,刚下过雨,看瓜老汉不会去泥泞的地里。

洄泉村里,周围三面环山,下过雨后,天空也不会马上放晴,还会有一些低沉盘旋的云雾,总要徘徊好长一段时间。这种雾蒙蒙的气候条件,非常适合偷瓜。我们穿着白色或接近白色的衣服,蜷缩在瓜地里,往背篼里装着瓜。那个时候,给家里拿回去一两个瓜,就骗大人说是要来的,否则,绝对会遭家教严明的大人们一顿打骂。

洄泉村里,由于玩具的稀缺性,更是增添了孩子们对打水漂的推崇与热爱。那时,打水漂可以单人玩,一个人对着水面进行抛撇,也可以许多人在一起玩,进行竞技比赛。

洄泉村子里玩打水漂,主要看两个方面的竞技:一是比漂飞出去的远近,二是比点击水面的次数。这是综合考虑的。如果仅凭漂飞出去的距离,力气大的人绝对占便宜。如果只看点击水面的次数,那臂力小的人则有优势。只有两方面都优者,最终才能胜出。

有一年秋天,大概十二岁左右的我跟邢得才、代元信,还有低一级的鲁中先,一起相约到墩墩滩决赛。我们是下午放学后去的,太阳已经开始西沉了,照在涝坝中,仿佛道道金光闪烁着,整个水面美丽极了。我们每个人都捡好了石片,一次只能打十个水漂,鲁中先是记数的,用石头在地上划着。邢得才第一个出场,他弯着腰,使劲地往前抛出石片。代元信比"老绷"邢得才抛的效果要好一些,他没有像邢得才那样用劲。第一轮比赛结束。大家又捡了十个石片,邢得才要我先开始抛,又一轮下来,我还是第一,代元信第二,"老绷"第三。

打水漂要用扁平型石片，在手上呈水平放置后，用力抛飞出去，石片要擦水面飞行。随后，石片遇到水面后因惯性再次弹起，会不断地点水向前弹跳，最终惯性减弱之后就沉入了水底。如果在抛出石片之后，没有点水，或者点水很少，石片一下子沉入了水底，这次抛飞就算失败了。

洄泉村的小孩子们，刚开始练习时，要么能点一次水，要么一次都点不了，需要长期的磨炼与坚持，循序渐进。回想起来，我在小学期间，表现突出的体育和游戏项目只有两个，一个是滚铁环比赛，另一个就是打水漂，这是长期努力的结果。

打水漂，邢得才对我就是不服。可能"老绷"在想，他的力气比我大多了，点水次数却很少，不一会儿就沉底了。其实，我觉得打水漂要有技巧，抛飞的力度、弯腰的程度和投掷的速度，都决定着比赛的成效。

后来，我在互联网上发现，打水漂的游戏，不仅洄泉村有，全国大部分地区都流行这种玩法。甚至有人总结了打水漂的技法：身体向后倾斜，手臂与身体大约呈45度角，半个身子蹲下去，仔细瞄准后，使劲用臂膀的力量将石片发射出去。同时，要用拇指和中指捏住石片，食指放在后面，扔出去的时候用食指拨下，尽量让石片旋转着飞出，这样，石片就会平贴着水面，不断向前点水，可以前进好长一段。

我是自学成才的，无师自通，也是按照这种技法打水漂的。

现在回想，在比较干旱的洄泉村，尽管生活条件很差，我们也经常挨饿，但我们不缺信念，不缺精神，不缺快乐。就像打水漂一样，输赢没有任何物质的奖励，但带给我们的那种满足与欣慰，是任何东西都换不来的。

后来，大学毕业以后，我先后在白银、北京、平凉和兰州工作，见过许许多多的湖泊，触景生情，都会令我想起洞泉村的涝坝，想起曾经嬉笑过的场面。

2011年，由于工作原因，我去了平凉。离单位不远，就是著名的柳湖公园，景色非常迷人。双休日时，我穿梭于公园内，会在柳湖边上的椅子上坐许久。当时我就想，在过去，柳湖边上是否也有打水漂的孩子？那同样快乐的人们，现在去了哪里？还有那些扁平的石片是否仍然沉在湖底？

时过境迁，现在的小孩玩具很多，有动手的，也有动脑的，他们已经不知道打水漂了，更不懂得如何才能打起水漂。但历史是一种传承，是一种记录，是一种回忆。如我们魂牵梦绕的过去，就像打水漂，会永远存在于记忆中，成为最美好的曾经……

改绳绳

小时候，洄泉村里带有些技术含量的游戏，改绳绳绝对算一项。

虽然只是一根细长的棉绳，两头一旦系紧，就是双股，要将它玩起来，一定需要些技巧和水平。倘若脑海里没有思路，可能不等一个回合下来，绳绳就会成为一团糟。

想起来，改绳绳也不是大人们给我们教会的。当时，我们是看着大一些的孩子，两个一组，最开始是简单的图案。根据拿绳绳的形状，改绳绳的双手从中利索收起了，由另一方接着改。也就是说，拿绳绳的和改绳绳的是互动的，角色是一对一变化的。

改绳绳，多在室内进行，有时也在野外操作。改绳绳的工具比较简单，就是一根棉线，大约长 50 厘米。平常，绵细绳子就带在身上的口袋里，也有装在书包里的，需要玩耍时，拿出来就可以了。

绵细绳子，主要以白色为主，我们多用渔网线，粗细正好合适。用的时间久了，白绳子就变成了灰色，有的甚至变成了黑色。相对而言，改绳绳女的比男的强。天性使然，因为女生心细，不会粗莽行事，相互对改起来，一步对一改，一改破一步，精彩纷呈。

洄泉学校里，我们班上的张霞祥、田明芬和陈国秀几个女生，改起绳绳很有两下子,她们一会儿将绳绳变成平行四边形,一会儿又变为菱形,看得人眼花缭乱,兴趣盎然。

很多时候,改绳绳是我们调剂生活的方式。放学以后,我们去山沟里拾粪或者挖柴,使劲干上一会儿,就坐在山峦处,从口袋里掏出绳绳,两个人就开始玩起来了。

改绳绳跟"走窝窝"一样,带有竞技性。有时,兴趣上来了,就一直不停地改着。有一次,我跟邢得才、代元信三个人,放学后去给家里拾粪。那天,运气不错,遇见了骆驼群卧过的场子。场子,就是马、牛和骆驼放到野外,它们吃饱喝足后,大多会在山峦的向阳处找一个避风的地方过夜。只要找到一个场子,就会捡拾到好多粪便,用不着再东找西寻了。我们三个人的背篼全部装满了。钻进秀才洞里,三人开始改绳绳,一局接着一局,一直改到天黑,还没有要走的念头。最后,邢得才是赢家,他把我和代元信的绳绳,都改成了极难的一种形状,无论我们怎么设法去改,都难以成功。

洄泉学校里,凡是遇到上体育课,除了前面排队、走步或跑步之外,剩下的就是自由活动了。接下来,改绳绳是常玩的项目。有时是五六个人玩,有时几乎是全班都在改。

我印象最深的一次,好像是刚上一年级不久,我们上体育课,走了一会步之后,老师就宣布自由活动。邢得才、代元信、张霞祥和我,还有其他几人,迅速集中在一起,开始玩改绳绳。好像是代元信起的头,他用双手翻出一个形状来,邢得才马上过去就要改,"老绷"变了形状将绳子接了过来。然后轮到我,我就随便变了一个手型接过来。之后,还倒了几个同学的手,由中间成双交叉线的"网字绳"

变成了中间呈平行线的"面条绳",接绳绳的是张霞祥。只见她双手套住对方的形状之后,再用两个小拇指轻轻一勾,变成了最难的"织布机绳",中间有菱形,四周还散布着四个小的正方形,双股的地方变成了四股。她改的绳绳,花样繁多,手上到处都是绳子,形状变得非常复杂,狭小的空间,其他人几乎难以下手。

最终,张霞祥赢得了胜利。我觉得,"织布机绳"是难度最大的改绳绳了,横七竖八,上下联动,左拉右牵,无论怎么改,都会失败的。

改绳绳,不仅是娃娃们的兴趣与爱好,也有好多大人看见小孩们在改绳绳,他们会童心未泯,马上参与进来,跟孩子们一起玩。有一年夏末,生产队组织社员们拔麦子,地点就在右岔沟里。那天不知什么原因,我们学生们没有去拾麦穗,我和代元信都在家里哄妹妹。那时,我哄的是小妹妹,有两三岁,她还吃着奶。代元信跟我商量好了,到下午三四点,我俩背着妹妹从家里出发,一直往野狐岘方向的右岔沟走去。因是盛夏,天气非常炎热,走在路上身上的汗珠往下滴,因为背着小妹妹,后背全湿了。翻过一道又一道的梁,走了一个多小时,才找见了拔麦子的社员们。母亲和代元信的妈妈就坐在地里的麦捆上给妹妹们喂奶吃。我和代元信坐在地埂上,你来我往改起了绳绳。看到我俩玩得正起劲,鲁杰先也参与进来。

正是那一次,我才知道了什么是"飞机绳"。先改了几个回合后,鲁杰先占不了便宜,他边笑边改:"飞机绳,飞上天;改的你俩地下钻。"最后,鲁杰先从我的手里接过绳绳左拉右扯,就改成了很难再解开的"飞机绳"。"飞机绳"的形状,就像翱翔的飞机一样,有头有尾,还有两边的翅膀。我和代元信想来想去,也试验了好多次,但都没有改成功。后来，在泂泉学校里，我和代元信就把"飞机绳"当成一件法宝，让许多人都只能干瞪眼，包括像张霞祥等聪慧的女生。

每次改绳绳时，我们都用左右手的中指，分别挑起一根线拉回来，这是改绳绳的第一步。另外一个人，直接从交叉线下拉，就变成了"两条绳"了，如果再翻一下，就改成"网字绳"。改绳绳改得好的，会将较难的绳绳再改回去，变成简单的。到了最后阶段，倘若没有及时变回的，就越来越复杂了。最终便会形成"飞机绳"或"织布机绳"，再很难往下改了。

在泂泉学校上学期间，我们都是从最基础开始的，先改简单的，从四边形或菱形改起，不敢改太复杂的。有了一些经验，才尝试着往下走。像"网字绳"或者"面条绳"，逐渐往深里钻研，也会在简单与复杂之间来回倒换。说起改绳绳的技术水平，我觉得代元信和邢得才比我强，他俩劲头足，点子多，一直在下功夫研究。但比起班上的女同学，他俩就弱了。

学校里遇到集体改绳绳，最后输的都是男生，绝大多数情况下，张霞祥和陈国秀两人总是赢家。在四年级的时候，学校组织过一次改绳绳比赛。比赛分为两个组，一组是三年级及以下年级，另一组是四年级及以上年级，赛事总共用了一天时间。代表我们班上参赛的，是张霞祥和陈国秀两个女生。经过紧张而又激烈的角逐，最终，她们获得了高小组的第一名，给班上挣回了一面奖状。好长一段时间里，班上的同学都很自豪，走起路来都特别有精神。

回忆起来，还真的对改绳绳特别怀念。不长的一段绳子，玩法是透明的，也是公开的，大家都能看见。但由于这种玩法带有一定的竞技性，也具有不可掌控性，瞬间能将局势扭转。可以说，这也是贫困落后地区人们调节生活的一种方式，用娱乐手段进行精神激励，引导人们积极向上，在困难挫折面前勤于思考，永不妥协。

2013年的夏天，当时我还在白银工作，就去了趟洄泉。我们一起去的，还有王永堂，他也是洄泉人，后来随家搬迁到了中泉，也是西北师大毕业的。我们先是去了大洄泉口的金银陡卩，站在山巅之上，洄泉村的一切都看得清清楚楚，说了好多话，也发了不少感慨。后面又到村子上走了走，在我张七十兄弟家的院子里，吃了很有洄泉村特色的筋道的凉面。院子里来的娃娃好多，我们问他们会不会玩改绳绳，无论大小，都摇头，甚至连名字都没听过，更别提玩法了。当时，我们两个都沉默了。

历史需要温习。时代发展很快，但别让一代人记忆里的美好在另一代人的眼里变得陌生，这也许就是我要写《洄泉记忆》的初衷。

后记——
洄泉的乡愁与未来

1987年，我在西北师范大学上学时，读过唐代诗人杜甫所写的许多诗歌。特别对他流离在甘肃期间四个多月里所创作的诗歌，学习与揣摩了无数遍，也发现了杜甫先生沉郁顿挫的诗歌风格发展到极致的端倪。到了第二年，也就是1988年，我写了《唐乾元二年（759年），杜甫诗歌地位研究》一文，发表在《西北师大学报》上，深受老师与同学们的称赞。

大学毕业后，我先后在白银、北京、平凉和兰州工作过。在客居平凉期间，又写了偏学术性的《那年，杜甫从陇上走过》一文，那时对杜甫在秦州所写《月夜忆舍弟》极为欣赏：

戍鼓断人行，秋边一雁声。露从今夜白，月是故乡明。有弟皆分散，无家问死生。寄书长不达，况乃未休兵。

杜甫先生一生颠沛流离，备尝艰辛，这份回忆弟弟的诗作，既怀家仇，又忧国难。在秦州，清冷的白露时节，杜甫闻戍鼓，听雁声，见寒露，念亲眷……也可能与当时我在外地工作时的心情有关，平添了许多怀念洄泉的思绪。

"露从今夜白，月是故乡明。"离开洄泉已经很久了，1975年搬

洄泉记忆

迁到灌区兴泉滩时，我才11岁。1989年7月大学毕业后，我参加了团中央组织的"少数民族支教团"，期限为一年时间，被分配到了天祝。支教的学校是天祝县民族中学，位于当时的县城安远镇，我担任初中二年级的班主任，并教授语文和历史课。

当时，刚刚进入秋天，安远镇早已生起了炉子，到处都是冷飕飕的。有一天的语文课上，我给学生们布置了一篇作文，就是描写家乡最美的景色或人物，题目自拟。随后，在批改作文时，我就在想，将来一定要为家乡洄泉写本书。

这几年，我陆续出版了诗歌集《履印心痕》和散文集《敏行讷言》，里面也有许多关于家乡的话题。但总觉得还很不够，没有描绘出洄泉的历史以及在这片土地上生存过的人们，包括那些养育了村子的庄稼，铺压的砂地，难忘的饭菜，悠悠的小曲……所以，打开电脑，放飞思想，寄托灵魂，便有了这本《洄泉记忆》。

"故乡今夜思千里，愁鬓明朝又一年。"这是高适的喟叹。诗人总是将故乡作为心灵的属地，一年又一年地怀想与写就。许多时候，我也在反思，洄泉作为我的出生地，究竟给我带来了什么？也许，别人认为除了饥饿与贫穷之外，似乎再也没有其他的了。

从自身成长的经历看，我始终认为，每个人的人生观、世界观和价值观是孩提时代就开始形成的。随着年龄的增长、知识的获取和眼界的开阔，这些观念会不断地丰富与健全。但是，最核心的雏形，依然是小时养成的。

洄泉，给予了我坚韧、宽厚与善良。在人生的旅途上，我能扛起生活的艰辛，吃得了苦，困难面前能挺身而出，都是故土培植出来的秉性。是的，正是这份素养，使得洄泉游子能以厚道对待任何人和任何事，不怨天不尤人，"捧的一颗心来，不带半根草去"。与善结缘，真诚相处，将洁净、纯朴和实在撒播，像村子周围那一座座山峦，虽不高耸，却也挺立。

洄泉村，大的迁徙有两次。

其一是1974年至1976年，景泰电力提灌一期工程建成之后，洄泉村里的一部分人，搬迁到兴泉滩。这次搬迁由生产队负责，直接列出名单，通知户主在几天内搬走。当年，洄泉村有41户178人迁出，就是目前的喜泉镇余梁村。

其二是1989年至1990年，景泰电力提灌二期工程建成之后，村子里又有44户216人搬迁，来到了靠近内蒙古的谢家梁，也就是现在的红水镇莲花村。第二次迁徙，民众的参与度非常高，大家看到了一期搬迁带来生活改善的成效，主动报名，争抢着迁移。

目前，洄泉村的地大都成了水地，是引来的大通河的水。除地势较高的大洄泉沟、小洄泉沟、左岔和右岔尚有少量的旱地外，这个曾经干旱的村庄，已经有了6216亩水浇地。

村子上的人们，全部修建了新房，有120户526人生活在那里。改革开放以后，洄泉村还有一种迁徙方式，一些人通过参军、招工和考学，分别到外地工作和生活，主要集中在兰州和白银，有32家。其余的，在北京、上海、深圳、武汉、沈阳、新疆和甘肃省内的酒泉、嘉峪关、金昌和武威等地。

仿佛他的名字一样，我的爷爷郑远，民国年间从陕西省大荔县埝桥镇的小营村，跋涉至遥远的甘肃做生意，再未回陕。他在兰州

洄泉记忆

的庙滩子开有商号，永登县的红城、古浪县的大靖和景泰县的芦塘，都有爷爷的商铺。爷爷奶奶生养了我的父亲，名叫郑喜德，没有文化，一直在农村务农。我母亲是在沙塘子出生的，叫俞秀花，也终身务农。父母老实憨厚，与人为善，不占便宜，甘愿吃亏，良好的家风时时影响着后代。现在，爷爷奶奶和爸爸妈妈都离开了我们，湮没地下很久了。但我觉得，亲人们与洄泉早已融到了一起，看到家乡田地里的庄稼，就像看到我至亲至爱的人。每每想念他们的时候，自然就想到了洄泉。

从洄泉走出来，已经整整40年了。兰州的家里，和和睦睦。爱人李家红，已经退休在家，操持着家务。儿子已经结婚，小两口相亲相爱。洄泉的执着以及恩慈与和善的家风，一直充盈着我们的家。

"吹灭读书灯，一身都是月。"我们到洄泉学校上学，也正好50年了。2019年夏天，我问过李作品，他记得是1971年的春季入的学。后来，翻出了洄泉学校的作业本，是五年级的，上面留有我写的"1975年五年级上学"的字样，据此推算，我们入学的时间，应该是1971年春季。

别离的笙箫，总在耳边响起，很是缠绵。近两年，我去了洄泉很多次，村貌完全改变了，比以前整洁了好多，但也失去不少，像曾护佑过村民的城堡与城墙，像滋润过我们的石磨与碌碡，像香味飘过山野的麻腐包子与浆水面……

《后汉书》里说过："鸠杖赐耆老，孝道永流传。"洄泉村子里传承的博爱与孝道，谦谦和和，爽爽朗朗，美美满满。我也深信，洄泉不会忘记，洄泉的人们不会忘记，像大洄泉沟口的那株野菊，一定会绽放盛开,岁岁年年。

如果离家的游子们,再一次回到洄泉,依然能够看到"暧暧远人村,依依墟里烟"的恬淡自然画面,内心深处肯定喜悦无比。这也像有人说过的那样:"炊烟是房屋升起来的云朵,是柴草灶火化成的幽魂,是村庄的声息和呼吸!"

字里乾坤大,书中日月长。《洄泉记忆》最终落笔时,我的乡愁依然执着与浓郁。其实,洄泉是我内心深处的一方净土,是故乡屋顶上升起的那缕缕袅袅炊烟,是每天鸡鸣唤醒熟睡村子的那声声嘹亮,是山坡上耕牛"哞哞"叫过的田园图画,是爬过篱笆的葫芦、豆角和水萝卜的一阵阵香甜……

洄泉记忆

梦回故乡

1964年,我出生于景泰县洄泉村。尽管祖籍在陕西大荔,爷爷是从陕西大荔来到甘肃景泰的。由于自己没有在陕西生活过,虽对大荔有期盼之情,但时时怀念的还是景泰县的洄泉。

在洄泉村里,我生活了十多个年头。小学毕业后,就随家搬迁到了景电一期工程上水的兴泉滩。也许,是从小生活在那儿的缘故,洄泉的一草一木,甚至一点一滴,都牢牢地刻在了我心里。可以说,洄泉村培养和造就了我最初的世界观、人生观和价值观。后来,多次去过洄泉,特别在大学毕业之后,也是利用休假和周末,经常到洄泉转转。细细一想,洄泉村里已经没有亲人了,但爸爸和妈妈熟悉的老人们还在,同他们说说话,聊聊天,也是对父母最好、最深切的怀念,心情也会好许多。

之所以频繁地往来洄泉,是因为此地就是老家,是我思之念之的故乡。总想看看我们小时候生活过的地方,包括那些印有少年足迹的沟沟岔岔。宋家地沟、野狼沟、大洄泉沟、小洄泉沟、楚家沟和野狐岘,还有墩墩滩、井拐子、庙儿湾和中沟梁,这些熟悉的名字会时时出现,有时是在梦里,有时是在眼前。说真的,这些年来,我走过最回味无穷最难舍的路,就是轻轻地来看看你,轻轻地看看

后记——梦回故乡

故土，轻轻地看看洄泉。

现在，在外漂泊了几十年，年龄也渐渐大了，怀念与思乡的情绪就多了起来。在平凉工作期间，写了一些诗歌，后来回到兰州，又接着写了一些散文，都分别以诗集与散文集的形式出版了。无论诗歌，还是散文，都用较大篇幅描写了洄泉，但觉得还不够。没有将记忆里的洄泉，书写得更透彻、更力背、更用情，因此，心中一直存有遗憾。如何来弥补？唯有再次伏案，来一次精神的穿越。

随笔集《洄泉记忆》就是一次孤寂的苦旅。这本书全方位、多角度、深层次地记录了洄泉。可以说，这是一本描写洄泉的"百科全书"。

无论洄泉学校，还是我家的邻居以及洄泉地貌、洄泉名人和洄泉小吃等，都是我们那个年代的缩影，也是洄泉留给我的深深记忆。

本书写作过程中，采访了不少洄泉老人和我的同学。李武和师志刚等老师，鲁杰先、王世金和王登位等村里的老人，还有李作品、代元信和邢得才等同学，为《洄泉记忆》提供了不少资料和细节。特别是师志刚老师，同是陕西大荔人，出生在洄泉村，讲述了不少有关洄泉村的历史，还专门为本书题写了书名，增色甚多。甘肃著名作家、文艺评论家雁翎先生对本书进行了全面统稿，张永年在摄影和校对方面付出了大量心血，在此一并表示感谢！

由于本人水平有限，加上所写洄泉村的历史比较久远，恐还存在不少有待改进的地方，敬请洄泉村的父老乡亲和各位仁者多多海涵。

梦回故乡，这是一个时代留下的人文主题。

记住乡愁，梦回故乡是最好的惦念方式。

2020年11月5日于兰州

参考书籍：

1. 《甘宁青史略》广文书局
2. 《甘肃史话》甘肃文化出版社
3. 《白银史话》甘肃文化出版社
4. 《景泰史话》甘肃文化出版社
5. 《武威简史》武威县志编委会
6. 《武威市志》兰州大学出版社
7. 《重修皋兰县志》
8. 《靖远县志》兰州大学出版社
9. 《景泰县志》兰州大学出版社